U0939388

◎常州市精神文明扶持项目作品◎

秘访青果巷

任小霞 著

图书在版编目（CIP）数据

秘访青果巷 / 任小霞著. —南京：江苏凤凰文艺出版社，2020.12 （2022.1 重印）

ISBN 978 - 7 - 5594 - 5407 - 2

Ⅰ. ①秘… Ⅱ. ①任… Ⅲ. ①长篇小说--中国--当代 Ⅳ. ①I247.5

中国版本图书馆 CIP 数据核字(2020)第 227324 号

秘访青果巷

任小霞 著

出 版 人 张在健
责任编辑 曹 波
责任印制 刘 巍
出版发行 江苏凤凰文艺出版社
南京市中央路 165 号，邮编:210009
网 址 http://www.jswenyi.com
印 刷 三河市燕春印务有限公司
开 本 880 毫米×1230 毫米 1/32
印 张 6.25
字 数 120 千字
版 次 2020 年 12 月第 1 版
印 次 2022 年 1 月第 2 次印刷
书 号 ISBN 978 - 7 - 5594 - 5407 - 2
定 价 45.00 元

江苏凤凰文艺版图书凡印刷、装订错误，可向出版社调换，联系电话 025 - 83280257

目 录

自序

秘访青果巷

任小霞

在我童年时，就听外婆提到过千果巷。在外婆的记忆中，那条长长的小巷在运河畔，曾经船舶云集，是南北果品集散地，所以沿岸的巷子便开设了各类果品店铺，巷子里琳琅满目的果品数不胜数，所以才有“千果巷”之称。在常州方言中，“千”和“青”发音相近，那条巷子便是后来人人知道的“青果巷”。

外婆曾说，青果巷虽在城区，却和水乡的其他小镇一样，居民住宅都是顺巷而建，临水而筑。因此走进青果巷，你会分外亲切，那是江南典型的“因水成街”的巷子呀，家家枕河，户户皆铺，你来我往，满是生活气息。在外婆的描述里，青果巷热闹的市井生活与她平常走过的河畔石板街差不多，甚至想那儿的橹声、车轮声、小贩的叫卖吆喝声都和平常水街差不离。

但是有一天真正踏进青果巷，我发现不是这样的，这和童年想象中的完全不一样——这条千百年来形成的恬静幽深的小巷与巷中古朴典雅的石桥，错落有致、粉墙黛瓦的屋宇，还有飞檐翘角、雕梁画栋的门楼……都像是童话般的存在，一点儿不寻常，一点儿不普通，刹那间，我感觉到我错失了什么，我发现那一扇扇半掩或紧锁的老宅木门背后，似乎有说不完的故事……这条巷子和普通的小街有相似处，亦有更多不同处，这不同处里，有许多奇妙……

是的，我想这青果巷里，一定珍藏着很多很多故事。除了那些大家已经耳熟能详的传说，还有更多不为人知的秘密，这个巷子如美好的童年，每一处，都有神秘的印迹；每一处，都有时光的密码；每一处，都可以穿越到另一个时空……

于是，我想到了写《秘访青果巷》。这令人向往的青果巷里，珍藏着很多时光。若能打开时光之门，一定会是一件特别带劲儿的事……

最初在构思时，我是打算通过一个寻找的故事，让一个孩子去品尝人生百味，把食物之味和人生之味相融相通。

在真正创作时，我让主人公每一次探访青果巷都成为一个奇妙的偶遇，他由此遇到不同性格的美食家们，比如会做果脯的鹿太太；会做七星蛋挞的阿獾……孩子每品尝一种美食理解一种人间真情，有亲情有友情……每一次奇遇意味着一次成长，他懂得了理解的味道，懂得了关心的味道，懂得了爱的味道……在一次次的秘密探访中，孩子终于找到了一直想要寻找的青果之谜，也就是成长的味道。成长的味道，或是微笑的味道，或是眼泪的味道，或是思念的味道，或是留恋的味道……在慢慢长大的过程中，每一个孩子都要多少次尝到百味汤的万般滋味。青果枝上的青果，就是一直在收集着这些滋味，因为它收藏着岁月，收藏着人生。

刚开始动笔时，青果巷在改造之中，它的四周被严严实实地包裹了起来，路过被包裹成大帐篷般的它时，我常常会想象里面究竟成了什么模样。这给了我无限想象的空间，我在不同的街道小巷里遇到一个特别的小店时，都会想，青果巷里也会有这样的店铺吧？所以，青果巷成了一个收集美食铺子的地方，收集奇思妙想的地方，收集成长的地方……后来呀，我觉得青果巷还是一个收集童年的地方，它收集了常州最早的模样，那是一个城市的童年；它收集了运河最早的过往，那是一条河的童年……

所以，写着写着，我就把亲爱的青果巷写成了童年之城。我一边写一边想，每一个童年，就如一条小溪，走着走着，就走成了大海；每一个童年，就如一条小巷，走着走着，就走成了一座城。成长，是一粒种子开成花的过程，这过程中的点点滴滴，都是那般神奇。所以，亲爱的孩子，你跟着每一个故事走，就会走到未来去，来，我们一起出发！

1

千果城的邀请信

今天的天特别蓝，似乎那大团大团的云朵把天空擦拭了一遍，把灰尘都擦掉了。一只只鸟从空中掠过，如一个个褐色的文字，在天空中自由排列。我从这边瞧过去，是一个短句子，我从那边看过来，是一个长句子，我闭上眼睛，“叽叽喳喳”一个个音符落入耳朵，这似乎是一个断断续续的句子，有许多秘密，因为好多情绪掩藏其中，扣人心弦。

我摊开一张蓝色的信笺，那也如一片明净的天空，我犹豫着要怎样跟安安写一封邀请信。下个月的假面舞会本来是林琪的生日宴，林琪认为安安跟她闹了这么一个大别扭后，她肯定请不动安安了，一定要我来给安安写一封邀请信，生日宴也改成了朋友聚会。她想在假面舞会上邀请安安跳最后一支舞蹈，然后跟她道歉，希望就此一切恢复到从前的模样。林琪的设想很美好，也很动人，安安和她都是我的好朋友，我帮忙也是理所当然的事，可是，面对着这张纯净的信笺，我就是迟迟下不了笔。

其实林琪和安安也不能算闹了什么大矛盾。就是那天在美术课上安安画了一条美丽的巷子，错落有致的漂亮房子坐落在巷子里，让人感觉神秘又美好。安安说她画的是千果城。巷子里各种奇特房屋的形状是这个巷子里面盛产的各种果子的形状，其中最特别的是青果屋，那是按青果的样子建造的……

这时，刚好坐在安安身后的林琪看到了画面上的那条奇妙巷子，眼睛顿时亮了起来，她说："安安，这个地方我去过。我还尝过里面的青果，味道可好了。""怎么可能?"安安眼睛瞪得如铜铃，"这只是我想象中的地方。想象，你懂吗?""我真的去过，这巷子里还有青衣姐姐，青兰小妹，她们会做各种好吃的青果餐，"林琪却煞有介事地介绍起来，"巷子深处还有许多小街，每一条小街里都有不同的风光，我最喜欢的是柠檬街，那里有亲爱的兔先生……""好了。"安安放下画笔，冷冷地说，"林琪小姐，请你从天花乱坠的描述中回到现实来，这只是我画的一个想象中的地方，跟你去过的小巷子一点儿也搭不上边，别在这儿发挥你的想象力了。""我说的是真的。"林琪提高嗓门，"安安你为什么不相信？我在青果街还遇到了你的青枝小姨……""砰!"林琪的话还没有说完，安安就跳起来，一不小心，椅子被她踢倒，"我小姨跟你有什么关系？不许你提我小姨……”当时，林琪愣住了，我和同学们也愣住了，大家谁也没有看到安安发过这样的火，谁也没看到安安有过这样的失态，她怒气冲冲地扔下了画夹，跑出了教室，弄得大家一时回不过神来。

“怎么了？怎么了?”我追上安安，看着她愤怒的样子我也有点发怵，“安安你不要吓我。”安安不理我，她冲进了校园的小树林，小树林的叶子“沙啦啦，沙啦啦……”仿佛也在问：“怎么啦？怎么啦……”我跟着安安进了林子深处，在树林迷宫深处的椅子上坐下。此时，我感觉自己的思绪也走进了一个迷宫，绕来绕去，找不到一个出口。

“小米，我想在这坐会儿，你帮我跟体育老师请个假，说我不舒服。”安安一脸疲惫地对我说。她把下节体育课记得那么清楚，说明她还没糊涂。“好吧。”我起身，“那你坐会儿就回教室。别生气，林琪又没有恶意，或许她是没有分清梦里和现实。”

安安没有回答我，闭上眼睛对我挥挥手，一声声树叶的低吟如同催眠曲，我瞧了她一眼，只能叹口气离开。她今天异常的表现让我手足无措，虽然我目睹了整个事件的发生，但我根本不知道安安和林琪的内心世界经历了什么。

我帮安安跟体育老师请假的时候，林琪听到了，她的表情也很沮丧。自由活动的时候，她一直绕着操场的跑道跑啊跑啊，一点儿都没有停下来的意思。仿佛那跑道也突然变成绕不出去的迷宫，让她没有了方向。

这个千果城，到底有什么秘密？把安安关进了寂静的树林，把林琪绕进了跑道，两个人都无法释然，两个人都无限惆怅。

“小米，真的有千果城的，那里有许多美味的果子，有没有千种我不知，那里还有许多特别的餐馆，我说的绝对没有掺杂想象。但是，我就是说不清要怎样才能到达那个地方。安安一定也知道点什么的，但是她不确定，跟我一样不确定……”林琪有点语无伦次，“你知道海市蜃楼的对吧？我以前认为那肯定是假的，但现在我觉得那出现的瑰丽城堡也是存在的，甚至我们可以出入那个城堡……”

“琪琪，千果城这事儿我没啥兴趣。我认为这个事儿不管怎么样都不要影响到你和安安的友情，真的又怎么样，假的又怎么样？你和她没必要为这个闹得不开心。”我打断了林琪，“特别是你提到她的小姨，你又不是不知道她和青枝小姨的感情，青枝小姨离家出走的事他们一家都忌讳提起，你偏提……”

林琪让我说得低下了头。想了好久，她深深叹了口气，默默地离开了。直到晚上，她来到我家，在我的房间里，慎重地拿出一个文件夹，取出里面唯一的这一张蓝色信笺，把她想邀请安安参加假面舞会的计划说出来：“这张纸是从千果城里带回来的，是一张魔法信笺，本来想在安安对青枝小姨的事心平气和后，把这张信笺给安安使用的，也许她会给青枝小姨写点什么。可现在突然发生这样的事……我就只能请你来给安安写个邀请了。我当然是不想失去安安这个好朋友的。”

魔法信笺？我摸了摸这张看起来只是有点儿漂亮的信笺，不知道它的魔力是不是让受邀请的人即使再不情愿也会应邀出席，我内心里觉得现在的安安并不想参加这次聚会，这张邀请信笺会怎样改变她的心意？

这也是我久久落不下一个字的原因。我不愿意对安安有任何隐瞒，但现在又不能说出林琪的真实意图，好为难。

只是，想到林琪无限期待的神情，我决定尽快把这项任务完成。

“亲爱的……”不管了，我提笔在信笺上先写下三个字，还没有等我想好下面的句子，蓝色的信笺上一个个黑字居然如蝌蚪般游了出来——

“亲爱的：你很幸运，你得到了一封属于你的特别邀请函。以下邀请只对写下开头‘亲爱的’三个字的人有效。这是一封来自千果城的邀请函——请你用手指按顺序点信笺上的十二片彩色花瓣，点完这十二片花瓣时，千果城的一个个小秘密就为你敞开了。一直到这十二片花瓣从信笺掉落，这个长长的邀请才算结束。你会收获奇迹，再次祝福你。”

我瞪大眼睛把一个个字翻来覆去读了又读，我能确定的这些字是从蓝色信笺里自己游出来的，游成了一封没有破绽的信

件，关键是这个邀请是来自传说中的千果城，是来自那个安安和林琪争论的千果城啊。如果林琪把这张魔法信笺给了安安，她们还会有什么争议，但是阴差阳错中，这魔法信笺到了我这儿，只对我有效了……

我开始细细回忆林琪描绘千果城的神情，她自然又真挚的样子确实是在讲述一个经历，但这个经历饱含神秘感，这个千果城，是一个什么样的地方，我真的可以通过这一张信笺抵达那儿，去发现一个未知的世界？

不行，我得去找安安，现在这张魔法信笺不能再使用了，我找出另一张漂亮的信笺，开始给安安写邀请信。

安安：

你一定要参加我们的假面舞会。如果你不出现，我们的友情就不完整了，这个假面舞会可是我们向往了很久的。

小米

我用最简洁的方式写下了邀请，然后把信笺折好，放在一个心形的信封中，直接举着信封就到安安家去。

敲开安安家的门，走进她的房间，我看到房间里一片凌乱，地上散落着许多明信片，那些黑白的明信片看起来风格独特，我觉得有一种熟悉感。

“我画的千果城就是从这些明信片中发现的，”安安拉我坐在她的床头，“这些明信片似乎是一个大巷子的拼图，我无论从哪一个方向拼，都能拼出一个巷子的样子，而且拼完之后，就会发现这个巷子的入口隐约有千果城这三个字。”

“安安，这说明，千果城真的存在，林琪说的是真话呀。”我有点激动，看来安安已经想通了。

“这些明信片是青枝留给我的。她也告诉我千果城真的存在，她还说，她就来自千果城。”安安的手有点颤抖，“青枝还说，她原是千果城里的一棵青果树，她来到我们这里是找她丢失的一种味道，一旦找到了那种味道，她就要回去。在千果城她有一家最好的餐馆，里面有世界上所有的美味，所以，她的餐馆一种味道也不能缺。你知道青枝是我婆婆在山里收养的一个怪孩子，在所有的亲戚中她只跟我亲近，我一直跟别人一样，以为她这些怪想法都是因为她太孤单了，胡思乱想出来的。婆婆一去世，她在我的本子里藏下了这叠明信片就悄悄离开了，她可能真的是回到她说的那个千果城去了……”

“你……”我被安安的话惊到了，“你都知道这些了，为什么还要跟林琪吵呀？”

“我是害怕，我太害怕了……”安安掩面说，“我不知道林琪怎么去那儿的，我一点儿都不希望那个千果城是真的，我不想青枝真的是一棵树，我想她回来……你明明知道，虽然我婆婆去世了，但我们都想找到她，她是我们家的一员。小米，我想她回来，还是跟从前一样，研究各种美食。将来，她按梦想开一家点心铺子，我们每天去尝一尝她的新手艺。就算我心里明白林琪说的可能是真的，我也不愿意去相信。你说，林琪也可能弄错的对不？我们就从来没找到过千果城……”

安安的话让我想到那张魔法信笺上的邀请，现在，那张邀请只对我一个人有效，我能帮安安找回青枝吗？

“我会帮你的。”我把心形的信封递给安安，“或许，你的青枝小姨会出现在我们的假面舞会上，陪你跳一支舞蹈呢。”

打开信封，安安看到我写的邀请，勉强地笑了一下：“如果有这种可能，那我就太感激了。”“这么说，这个聚会你会参加?”我追问。“会的。你说过有见到青枝小姨的可能。”安安点头。“一言为定。”我跟安安击完掌后，突然感觉自己压力陡增。对如何到千果城去找她的小姨青枝，我可一点儿底都没有。

说起来，青枝跟我们差不多大，但在辈分上，她算是安安的小姨，我们见到她也含糊不清地叫她一声“小姨”，她每次都会有点奇怪地答应，不过，跟我们玩起来，她绝对不把自己当小姨的，比我们还调皮捣蛋，常常把我们搞得狼狈不堪，却在一旁哈哈大笑。当时听到她离开的消息，我以为是她把自己藏了起来逗我们，但是几个月过去了，都没有她的消息，我们才知道青枝是真正离开了。

自从青枝离开，我们每到一个城市都会希望可以突然遇上她，把她再带回到自己的城市，我们是真的认为青枝跟我们一样，就是属于这一方土地的。但今天安安这么一说，千果城倒可能是青枝的来处。

回家路上，我意外地遇到了林琪，她正上完绘画班的课程出来，看到我，她惊喜地跑上来："你去找安安了?""是的。她答应了。"我点头，"不过，她希望我们能帮她找回她的小姨。琪琪，你是怎么碰上青枝小姨的?"

"那件事情说起来也十分奇妙。十一长假我跟爸爸去了郊区南州，就是那个常常出现海市蜃楼的地方。那天晚上我和爸爸入住了一家别墅一样的宾馆，那个宾馆坐落在美丽的树林中。晚餐后，我戴着路上买的兔帽子下楼去玩，不知不觉就走进了一条巷子里，老半天穿不出去。那个傍晚，那条巷子里灯火通明，好似在过什么节日，有点像玩偶节那种节日。因为每个人都是穿着动物服在外行走。你走在路上，碰到不是兔子就是灰鼠，还有刺猬和小熊，我在问路的时候，遇到了一位'兔子'先生，我还没问什么，肚子先叽叽咕咕叫个不停。他说我的运气非常好，他刚集满十二张百味卡，可以去千果城里一家最好的餐馆就餐，既然我是他的同类，他就带上我。他把饥肠辘辘的我领到了一家餐馆，我就是在那家餐馆里遇到了青枝，青枝苑就是千果城最好的餐馆。据说，千果城有许多散落在我们各个城市中的私家餐馆，那些私家餐馆会给最特别的顾客赠送百味卡。只有集满十二张千果城百味卡的顾客才有可能进入青枝的餐馆。那天我认识了不少人，知道青衣是青枝的姐姐，做的青果饭很好吃，我来了一碗，青兰是青枝的妹妹，虽然也会做青果饭，但做得最好的是青果奶茶。青枝建议我点一份青兰做的青果奶茶，味道真的不一般。我吃饱喝足，青枝便叫了人力车送我，青枝认不出我，她只当我也是只‘兔子’，我当时也一直取不下兔帽子，似乎自己就成了兔子一般。临走时，青衣姐姐特意送上一个文件夹给我，里面就是那张魔法信笺。她说那是千果城送出的最大礼物。当时拉车送我离开的是化妆成小熊的小伙儿，他飞快地把我送到宾馆……奇怪的是，我爸爸竟然没感觉到我走丢过，因为时间刚刚过去十几分钟，可我在千果城里，明明感觉已经过了几个小时……”林琪说，“我让爸爸去跟服务员打听南州的千果城，可服务员说南州根本没有千果城。我把文件夹里的那张信笺看了无数遍，确定自己不是梦游和幻觉，我是真正遇到青枝的，真正到过千果城的。但是，我们在南州跟很多人打听了，真没有谁听说过千果城，爸爸也觉得，千果城只是我看到的一个海市蜃楼，或许存在，但在另一个时空之中。”

“另一个时空？”我惊诧，“怎么可能？”“这也是我想不通的。”林琪说，“但我后来没办法到千果城去，我想集齐十二张百味卡不仅仅需要时间，更需要机遇，我怎么知道哪个餐馆有百味卡呢？我现在就算跟安安说这百味卡的事她也不会相信我吧？你先说你信不信我？我就没收集到过那种百味卡，也许我去的餐馆都不对……”

“小米，”我和林琪刚刚走到小区门口，爸爸和妈妈一起出来，“听说城区的青果巷新开了书馆，我们去看一看，今天晚饭你自己解决啊，鞋柜上有卡有零钱。”

“好。”我点点头，转身跟林琪告别，“琪琪，不管怎么说，安安心里没有怪你，她只是想念青枝，对她的离开无法释怀。你就照你的想法好好策划聚会。”

“嗯。”林琪一边离开一边说，“我回来查过，找不到我所遇见的那个千果城的一点儿信息，你说，那是不是一个隐藏起来的秘密之巷？哎，那天听青枝说十二张百味卡好像要对应十二片花瓣的……”

十二片花瓣？我突然想到魔法信笺里的十二片花瓣，那十二片花瓣里面藏着十二张百味卡吗？现在想想，青枝以前最喜欢的就是十二色花，她总喜欢画十二色花，还让我们猜十二色花能结出一个什么样的果子来……那十二色花瓣跟青枝，真的是有关联的！我激动起来——那个隐藏起来的千果城，已经给了我打开的密码。

2

鹿太太果脯

说起来，青枝离开前，见到的最后一个人应当是我。

那也是个非常意外的事件。意外到我一直觉得那只是一个幻觉。

那次我和爸爸去郊外的时候，故意往山林深处走，听说，山林中有小鹿出没，我多么希望能碰上。这时，爸爸被一棵老树吸引，拿出他的笔记本开始记录。我对老树没什么兴趣，就乘爸爸不注意，往一条小道跑去。

小道的尽头竟然有一家小铺子，上面写着“鹿太太果脯”，山林小道上开店铺，这个店主也实在太笨了吧？来的人太有限了，这又不是什么旅游胜地。怀揣着对店主的同情，我走进这个小店铺，看到木制的漂亮柜台里摆满了各种各样的果脯，跟我在外面超市中所看到的果脯完全不同，这里的果脯都是果实本来的样子，没有彩色的包装纸，全是用细软的花瓣包装起来的，不同类的果脯用的是不同颜色不同形状的花瓣。也有一盒一盒的果脯，盒子全是用干草编织出来的，每个盒子的编织纹路不同，就那些盒子，也是一个个装饰品哩。更大一些的礼盒是用藤条编的，看起来非常精巧……

打量了一下这家果脯小店，我知道我刚刚想错了，这家店主不是笨，一定是太用心于做好品质的果脯，也不想让更多顾客干扰自己的设想，就藏在这山林中开一家小店，能买到这果脯的，就是运气好的人，比如我。

我摸了摸口袋，还好，零钱包在。就向店里呼唤："请问有人在吗？我要买果脯。"

"请等一下。"店里面有个声音传来，听起来像个小弟弟，或许，鹿太太正在忙。过了好一会儿，店铺里面走出来一个眉目清秀的小男孩，他居然戴着一对鹿角，我一直以为只有像我这样的女孩子才会戴这种装饰物。他也不管我惊奇的目光，径直问："你是不是也跟小浅一样，需要道歉果脯？她买走了所有的道歉果脯，我妈妈正在赶做，还没有货，你至少也要等一周。"

小浅？就是最近转到我们班上的那个胖乎乎的女孩子，她居然也知道这家果脯店？

"不是的……"我下意识地回答，"我和小浅不一样……"我当然和她不一样，那个咋乎乎的姑娘几乎在一天时间内把班里的女生都得罪了，不是说这个人的皮肤不好，就是说那个人的头发枯黄，不是说这个人的衣服太土，就是说那个人的鞋子太丑陋……据说她爸爸是个有名的设计师，她玩的用的东西都来自一流的设计，她爸爸是因为最近要完成一个小镇的开发设计，才搬到我们这个安静又风光独特的地方来找灵感，顺带也带她来体验一下这边的生活，就转来我们学校随班就读一学期。她这么高调的一个人，我怎么能和她一样？

“不是小浅？”鹿角男孩有些意外，仔细看了我一眼，“噢，我想起来了，那你是和小珊一样，要买祝福果脯？你不知道，祝福果脯本来就不多，也给她全部买光了。如果你要那种，也要等一周的。”

小珊？男孩一提这个名字，我的眼前就浮现出那个瘦瘦小小的姑娘，她沉默寡言，几乎没有什么朋友。有时候，我想跟她说点什么，可我一开口，她就显得格外紧张，脸涨得通红，让别人看到，还以为我欺负她。我只好收了口，转身离开。我哪里又会和小珊一个样？

我再一次否定：“不是的，我和小珊也不一样。”

“啊？”鹿角男孩再次瞧向我，“你长得，确实跟他们不大一样，不过，在我眼里，你们这么大的女孩子没什么大的区别，更何况，你们都喜欢扎辫子，穿裙子……”

他这叫什么话？我不客气地说：“那你顶一对鹿角就是怕我把你和别的男孩子搞混了？我觉得我不大会这样，我们各人的特征挺明显的，是你记性太糟了。”“是吗？”男孩倒没有生气，他居然沉思了一下，“你有这个本领倒是太厉害了，能请你帮个忙吗？”

“我是来买果脯的。”他居然扯偏了话题，我很不满，“你倒是介绍一下你家的果脯呀？”

“刚刚我也有介绍啊，小浅买的道歉果脯就是只要接受小浅果脯的人，都会接受她的道歉，因为果脯会把小浅心里的真实想法传递到对方的心底，对方会从心底原谅她。而小珊买的祝福果脯就是凡是接受小珊果脯的人都会听到小珊发自内心的祝福，小珊可能平时从来没有勇气对别人说出自己的祝福，但祝福果脯会让大家听到她真正的想法。我们这儿还有真爱果脯，一般是年轻恋人之间互赠的果脯；还有亲情果脯，亲情果脯就包括致姐姐，致奶奶，致爷爷，致爸爸，致妈妈……你想给谁的就买给谁的，一般收到你果脯的那一位都会跟你回忆起你们在一起的每一个片段；还有原谅果脯，如果你对一个人曾经很生气，但现在原谅了，也可以给他一盒这种果脯；至于老师果脯、朋友果脯之类普通一点儿的，味道倒是千千万万的……”鹿角男孩介绍起果脯来，滔滔不绝，我是越听越惊讶，到最后，我觉得我张大的嘴巴可以塞进一个鹅蛋了。

“反正到现在，只有两个人类女孩来买过我们的果脯，就是小浅和小珊，你是第三个，妈妈说了，我们的果脯不是出售给人类的，如果有第三个人类来买我们的果脯，买完后我们就要把店铺搬走。”鹿角男孩叹了口气，“所以刚刚我在里面磨蹭着不出来，想等你离开，也担心你不是前两位顾客，那样我就不用担心离开，我还是很喜欢这个地方的……哎……”

什么？我觉得我简直接受不过来这么多意外的信息。听这男孩的口气，他不是人类一样……我还没问出口，我前面的鹿角男孩已经跑出柜台，在我面前旋转了两圈，变成了一头金色小鹿。

“我……”一时间，我实在不知道说什么才对。

“这样吧，你刚刚说你有辨认的本领，我呢，确确实实在这方面很差劲，所以一会儿说你跟小浅一样，一会儿说你跟小珊一样。听说，人类称这个毛病叫脸盲症，就是认不出人，我认不出人，也认不出鹿。你能帮我去认出我的鹿姐姐吗？”鹿角男孩说，“你帮我这个忙的话，你今天要的果脯免费。”

听起来很有诱惑，不过，如何辨认鹿我好像也没有经验啊。“你为什么要认出鹿姐姐？”我奇怪地问。

“我一直做不出微笑果脯，就是那种无论多悲伤时吃到那个果脯都能微笑起来的微笑果脯。”金色小鹿说，“鹿姐姐告诉我，如果我能从一群鹿姑娘中认出她来，就知道怎么去做果脯了，但是，我尝试了无数遍，还是认不出来……”

认出鹿姐姐和做果脯有什么关系？这个我一点儿也想不通。但是，以我辨人的方法，我还是问了小鹿几个问题……

“鹿姐姐最喜欢做的事？鹿姐姐最拿手的果脯？鹿姐姐最

爱去的地方？……”

金色小鹿一一回答了我，然后指了指他的后背，要驮我去鹿群。我趴在他背上的时候，心里也没有什么底。金色的小鹿驮着我，穿过花丛，穿过草地，穿过树林……我们到了一片青青的山坡，那上面，一群小鹿正在那儿奔跑嬉戏。

我和金色小鹿躲在一个大树洞里向那边张望——那群鹿姑娘穿一样的花点子背心，声音也一样清脆悦耳，甚至鹿角上的小珠串都是一模一样的……难怪金色小鹿认不出其中的鹿姐姐。

“你说过鹿姐姐最喜欢去茉莉花丛采摘茉莉花做香料放到果脯中，她们中间那个鹿角上有片茉莉花瓣的肯定是鹿姐姐。”我肯定地对金色小鹿说，“你再仔细看她，她的花点子背心虽然跟其他鹿姑娘是一样的，但是背心的纽扣儿上系着一根细草带子，你不是说鹿姐姐每天都会在果脯的包装盒上系一个特别细小的草蝴蝶结吗？还有，她瞧过来的眼神跟其他鹿姑娘不一样，说明她是期待你来找出她的……”

“对呀，对呀……”听我这么说，金色小鹿赶紧跑向了那一位对他凝望的鹿姑娘，他一路奔跑着欢呼着，我虽然听不清，但能猜到，他肯定说：“鹿姐姐，我认出你来了！真的认出来了！”

辨认需要用眼睛，辨认更需要用心灵。这一点儿，鹿弟弟一定也已经明白了，他和鹿姐姐一起跑过来的时候，鹿姐姐微笑着对我说："谢谢你帮他，你需要什么样的果脯，我们可以给你现做的，鹿太太最近出门了，我们又要搬小店，你给我们留个地址，我们给你寄过去。"

"我想要……"我看到这山坡上开满了紫色的勿忘我，就随口说，"一种记忆果脯，吃到那果脯，就能把本来忘记的事情全都想起来。"

"没问题。"鹿弟弟说，"我已经知道要怎么做果脯了，寻找鹿姐姐的过程让我知道了凡事用心，就一定可以做得出来……"

可是……我纳闷儿地想：我怎么不知道寻找鹿姐姐跟做果脯有内在的联系？

"你把地址给我。"鹿弟弟催我，"你跟我耽搁了这么久，是不是要回去了？"我这才想起还在老树旁的爸爸，赶紧写了个地址塞给鹿弟弟就跑。

跑回小道的这一头，爸爸还在量着老树的树桩，似乎一点儿也没有感觉到我的离开。我催着爸爸："快回去吧，不早啦。"爸爸一看我，有点不好意思："哎呀，我都忘记你了，不好意思。"我忙摇头，心想，彼此彼此。

刚进家门，就听到妈妈的声音："小米，好奇怪，小浅给你送了一个果脯，小珊也送来一个，这两个果脯都好特别，她们俩说的话也一样，说一定要给你吃，别人不能尝的。"

两粒果脯都清香袭人，我拿起小浅送的那颗放进嘴巴——

一个声音在轻轻对我说：小米，我一点儿没想取笑你的帽子，我只不过觉得那帽子还可以进行一下改变，我一直跟着爸爸学习设计，就喜欢去改变很多原来的设计，这只是一个习惯，真不是看不上你的帽子。我这人一向直接，没有想到会伤害你。你不要生气，我给你新帽子完全是因为我按你的喜好来做的，你不要瞧都不瞧一眼……

果脯在嘴里柔软地融化开来的时候，我也明白了小浅的想法，原来，我真的是误会了她。

等到品尝小珊给的果脯的时候，小珊柔软的声音在我心里响起来——小米，我一直是个特别容易紧张的人，其实别人跟我说话我紧张是因为我怕我回答不好。大家都不大跟我说话，因此一有人找我，我就更加紧张。我一直很想跟你交朋友的，你大方对人又友爱，我总是希望你越来越好，每次你有好消息我比你还高兴。请接受我的祝福……

这些果脯里面的声音在我耳朵里流淌的时候，爸爸妈妈在忙他们的事，一点儿没受影响，那就是他们一点儿也没觉察到。

这味道奇美的鹿太太牌果脯，真的是太特别了。我跑过去打电话给小浅和小珊，她们俩接电话的口气都一样：“不要问我果脯是哪里来的，那是个秘密。”

第二天早上，我在校门外遇到了小浅和小珊，她们俩在议论：“那个小店不见了，真的不见了……”看到我走过来，她们停住了嘴，我心里一沉，其实我知道她们在说鹿太太小店搬走的事，但只能当作不知道，往校门里走。

"哎，小米，你的包裹。"门卫伯伯赶紧叫住我，"一大早就送到这儿了，放你书包吧。"我的心"怦怦怦"要跳出来，这当然是鹿弟弟给我寄的果脯，我要的是"勿忘"果脯，记忆果脯，会是什么样子的？

进了教室，我偷偷打开，瞧了一下果脯的样子，是一朵朵勿忘我花一样的样子。这时，小浅和小珊走过我身边，我忙递给她俩一人一颗，她俩盯着我，似乎明白了什么，一起把果脯塞进了嘴巴。"好吃，好吃，谢谢。"她们说。我却没有尝一下这果脯。我看到鹿弟弟给我留的纸条——小米，这种"勿忘"果脯确实会让尝到它的人想起很多已经忘记了的事，却也有一个副作用，那就是，会忘记在林子里遇到我们店铺的事。没办法，这是鹿太太要求的，也是我们保护自己的方式，请您理解。当然，这一点儿也不影响果脯的美味。——鹿弟弟即日。

我把这美味的果脯分给了好多人，唯独没有留一颗给自己。是的，我一点儿也不想忘记那头金色的小鹿，一点儿也不想忘记我和他一起在一群美丽的鹿姑娘中找出鹿姐姐的样子……我觉得，那是一生中最难得的片段。我太想永远留存了。

哪知那天放学我回家的时候，青枝就在路口等我，她指着我手里的包裹说："小米，你收到的包裹里是不是有个给我的小盒子？"

怎么可能？我把包裹盒子打开来给青枝瞧，她把手伸进包裹的角落，竟然真摸出一个小小的盒子，上面真的清清楚楚地写着"青枝"二字。青枝一把拿过去，对我说："谢谢。谢谢。阿金不会骗我的，他说给我寄来了就肯定寄来了……"

"可是……"我还没反应过来，这个盒子怎么会出现在我的包裹中，青枝已经说了让我更惊讶的话……

"告诉你一个秘密，一头小鹿变成了一棵树的样子长大了，然后一颗生长了百年的原味青果悄悄结到他的鹿角上去了，他因此学会了做各种果脯。我终于找到青果，可以安心地回去了。谢谢你小米，你要照顾好安安，我会想念你们的……"

这番话落下的时候，青枝已经离我好远，但声音是一字不差地掉进我耳朵里。我懵懵懂懂地瞧着她离开，本想第二天遇到安安时再问问到底发生了什么事。但是第二天开始安安就没来上学。几天后，当安安垂头丧气地来到学校时，她的第一句话就是："青枝不见了，我再也找不到她了……"

那一阵子，我和林琪常常陪在安安左右，但安安总是愁眉不展。而我从她的只言片语中知道，那一晚，青枝见过我后，就没有再回家。我应当是遇到她的最后一个人，却没有任何人知道那一幕……我也不知那个盒子里到底装了什么秘密……

我后来有次问安安，青枝是不是喜欢青果，安安一言不发地瞪了我好久，瞪得我心里发毛，我赶紧岔开了话题。此后，我再不敢在安安面前提到青枝了，即便她偶尔提到，我也不敢接话。鹿太太的果脯那么神奇，就是说出来，安安也不会信的，不是吗？

细细回想青枝跟我的对话，我只知道几个关键词，就是青果，回去……

3

猫阿姐的花粥小店

回到家，家里空荡荡的，我一点儿胃口也没有。回到房间，我拿出那张魔法邀请信，看到上面艳丽的十二片花瓣，心里对自己说："试一试吧，试一试。"

于是，我按着顺序轻轻点击那十二片花瓣。"一、二、三……十二!"我点完第十二片花瓣，以为也会有一个小盒子什么的出现，可等了好一会儿，啥也没发生，心里实在是失望。被我点过的花瓣似乎散发出清香来，但一点儿也没有变成一张什么百味卡的迹象。我把信笺往抽屉里一塞，心想这魔法信笺成了一个失灵的魔法。亏我还以为这十二片花瓣会聚成一朵花，会开出一条隧道来的。

"喵——，"突然，一声猫叫把我吓了一跳，我打开门瞧去，一只小猫在我面前一闪，就往楼下跳，我关上家门，跟着小猫往楼下小街走去。一阵香味还是若有似无地飘来，这时，我感觉要饿了，不禁加快了脚步。

“砰——”，不知哪个冒失的家伙突然撞上了我，把我撞一个趔趄，我后退了好几步才站稳。“对不起。”前面那个黑影跟我小声地道歉。我瞧过去时傻了眼——撞我的分明是一只小黑猫，她虽然戴着花帽子，但她确确实实是只小黑猫。

“算啦。”我大度地摇摇头。说起来，我对外人一向大度，没什么好计较的，但是，对家人就大度不了，比如爸爸妈妈一起出门我就有点生气，觉得他们竟然可以这么放心我，居然就这么不管我。

“你没有生气?”黑猫显然有些意外，她说，“看来传言都不大可靠，听说你的脾气不大好，现在看来不是这样嘛?”

“什么?”我的坏脾气已经人尽皆知，不，已经传到猫的耳朵里了?

“啊……我说错话了。”黑猫一看到我涨红的脸色，马上意识到了什么，赶紧把语气放得更加柔和，“为了表示一下歉意，我请你去花粥小店一起喝粥怎么样?”

花粥小店？我好像没有听说过。再说，我也不想和黑猫一起喝粥。正想摇头时，黑猫过来拉住我的手：“陪我去吧，你不知道花粥小店的花粥味道妙不可言，但是，她们不接受单独前往的顾客，一定是结伴而行的顾客才行，我就是因为找不到同伴才在这里犯愁，才会撞上你……”

什么？按黑猫的意思，她好像还是故意撞上我来着。

“你看，你也是一个人出来找吃的，咱们一起去，不是正好?”黑猫一个劲儿想着理由来说服我，“今晚有新粥出来，很值得一尝的。”

“走吧。”我简直厌烦了黑猫的喋喋不休，就跟她去瞧一瞧好了。

“太好了。原来我也可以有三寸不烂之舌的……”黑猫得意地嘀咕，我装作没听到。她走到我身边我才发现，原来黑猫小姐穿着很可爱的小黑袍子，袍子上有两只爪印口袋，很是别致。

“这是猫阿姐做的袍子。”黑猫看到我注意她的袍子，略有得意之色，“猫阿姐的手很巧，就是脾气很怪。猫阿姐想法很多，就是总忘记我……”

是吗？她说猫阿姐的神情，怎么就让我觉得是在看另一个自己呢？我也是对奶奶这么说的：“爸爸是很了不起，能画出数据细密的图纸，可是就不肯帮我画一个图形；妈妈是很会做点心，就是常常没时间给我做，当然奶奶你也会做大餐，却老是拿面条应付我……”

这样一想，我觉得我跟黑猫一下子亲近了很多，我们有点儿“同病相怜”。

没走几步，我刚刚熟悉的香味浓郁起来，还夹杂了些不同的甜香。原来，我们已经走到一座花朵簇拥的小屋面前。整座小屋就像是一个高高的花丛，屋子的四面盛开着不同的鲜花，屋顶上更是花团锦簇，花骨朵儿，半开的，全开的花儿挨挨挤挤地排列在绿叶之间。因为天色已暗，花房子上的许多“花”原本是花灯，只不过融入那些真花之中，自然得如同是枝叶间长出来的一样。醒目的木框门上，是许多花瓣拼成的“花粥小店”四个字。

“进去吧。”相对于我的惊奇，黑猫倒像是常客一般，拉着我就往里面走。

一进小店，我就感觉到被笼罩在花香之中，四周都是不同的花朵墙，蓝椅子对着的是蓝玫瑰，紫椅子对着的是紫罗兰，橙椅子正对着橙花……所有的椅子都是长长的，可以坐几个人。想到之前黑猫说的，“花粥小店”不接受独自来的客人，我仔细观察过去，偌大的小店，果然没有单独的顾客，有妈妈陪孩子的，有夫妻两位的，更多的是一对一群的好朋友……

“猫阿姐，”我还没打量完小店，就听到黑猫骄傲的声音，“我和小米想要点今晚的新粥。”我转过脸来，真的发现我们前面的店长是一位温柔美丽的猫小姐，她微笑着看看黑猫，又看看我，点点头：“新粥一会儿送到你们的座位前，请先到座位上等。”

“噢，谢谢。”我正想问点儿什么，黑猫已经把我拉到了向日葵花的小包间里，她得意地对我说：“猫阿姐认为没有谁愿意和我一起喝粥，这下她可失败了。小米，打败了她可真让我

高兴。”说完，黑猫就开始哼起歌来。

“猫阿姐是不是你的好朋友？你为什么要打败她？”我问道。

“她是我阿姐啊，我们一起长大。但是她老想着自己的事，我当然不高兴。而且她总觉得我长不大，交不到朋友，做不成事情，现在我不是证明给她看了？”黑猫一脸扬眉吐气的样子。

“你们的菊花莲子枸杞水果粥已经开始煮了。”一位白猫服务员送来了一个正煮着的锅子，对我和黑猫说，“请两位对着锅盖分别讲一个关于家人的故事。这个故事是这锅新粥最重要的调料，如果故事精彩，这锅粥的味道就如你们所愿。”说完，白猫服务员彬彬有礼地退下了，温暖的包间里，我和黑猫有点错愕。

不过，只一瞬间，黑猫就缓过神来：“这个其实也正常，花粥小店的粥虽然是花样繁多，花种齐全，但说起来，唯一让别的粥店学不去的就是调料，猫阿姐每次设计的调料都会叫人大吃一惊。但是，她设计的调料又确确实实能让粥味独特，吃过的从来没有不赞美的。小米，讲一个家人的故事对你来说不难吧，你先开始。”

好吧，在这么明媚的向日葵花下，对着暖融融的一锅花粥，那些温馨的故事还真的纷至沓来——“有一次，我生病住院了，爸爸本来还在外地出差，但听到这个消息后，连夜买票往家赶。晚上的票也只有站票了，他说他站在火车厢里的时候已经万分庆幸。下了火车后，他想到他离家前答应给我买礼物的，就这样空手见到我怕我不开心，就在车站附近转了一圈，希望买到一个小礼物。但是大多数商店都关门了，只有一家便利店在营业，便利店没有什么小礼物，爸爸看到店门口的向日葵花瓶，问店主能不能卖，店主说那是她自已的装饰品，不卖的。爸爸好说歹说，让人家把那个向日葵花瓶卖给了他，然后抱着到医院找我。当我和妈妈看到风尘仆仆的爸爸捧着个奇怪的向日葵花瓶时都惊呆了。结果，那个晚上，爸爸给我讲了好多向日葵的故事。我看到这满包厢的向日葵花，就想到我那个花瓶了。我妈妈一直记得往里面插好看的花束，我倒好久没注意过它了。”我似乎有点不由自主地讲了一个故事，因为我讲的时候才发现，其实爸爸妈妈一直蛮在意我的，他们给那个花瓶配花，整理我的房间，还给我不断地换与花瓶的花相配的床单，说那样做的梦都是香软的……倒是我，忽略了那些，却计较些别的。比如，不陪我多看场电影，不带我多上几次游乐场……

“那……轮到我讲故事了。”黑猫摸一下脑瓜，“说起来，我和猫阿姐的故事也蛮多的，关于向日葵的故事也有。我以前一直以为向日葵就是太阳，对猫阿姐说我的梦想就是种太阳。猫阿姐有一天拿回来一大把葵花籽，对我说用这些葵花籽就可以种太阳。我以为猫阿姐肯定是骗我的，就把那些葵花籽全吃掉了。后来，猫阿姐问起我的太阳种在哪里了。我随口说，种到山坡上了。结果有一阵子我发现猫阿姐每天都早出晚归的，忙不过来的样子，就问她做什么去了，她说她去看护我的太阳去了。我一惊，猫阿姐哪里去看护太阳，那些她给的太阳种子不是吃到我肚子里去了吗？她怎么到我肚子里去看护？猫阿姐看到我慌里慌张的样子，扭过头说，你不是说种在山坡上了吗？这么久，你没去山坡看看？我听到这个话，赶紧往山坡去，你猜我看到了什么？一山坡的向日葵啊……猫阿姐以为我种的葵花籽没发芽，又重新种了一批，她是想让我看到梦想开花……说起来，这个包厢就是为我设计的，但是猫阿姐又不肯承认，她还跟我说我不会交朋友就喝不了今天的新粥，也进不了这个包厢，我……”说到这儿，黑猫突然看到了什么，眼睛被定住了一样。我顺着她的目光看去，向日葵花灯的叶子上有两个小小的猫爪印，竟然跟黑猫的黑袍子上的猫爪印一个样子。

“这是我的小名。”黑猫摸摸口袋，又瞧瞧那叶子上的印子，眼睛里的光仿佛融化了一颗蜜糖，甜得化不开，“原来猫阿姐心里一直想着我的，一直……”

“咕嘟——咕嘟——”这会儿，粥煮开了，我熟悉的香味从粥锅里弥漫出来，原来我一直闻到的就是这味道。

“粥好了，可以享用啦。”白猫服务员敲了敲包厢的门进来，“看来今天两位的调料加得恰到好处，煮沸粥的时间一分不差。”递上了点心，白猫服务员给我们各舀了一大碗，嘱咐我们喝完再添。

第一口喝下去，淡淡的，却感觉神清气爽；第二口，味道浓了一些，颇有回味；第三口，便有细腻柔滑，忍不住加快了喝粥的速度……抬眼看黑猫，她一定也是，很快粥碗就见底了。我们相视一笑，仿佛一碗花粥把人生的许多味道都浓缩进去了。再喝第二碗时，我们都不出声，但是我也知道，黑猫和我一样，也想起了很多很多事……

想到这儿，我起身对黑猫说："我得回家了，我奶奶到家看不到我会着急的。""那……"黑猫起身，"你再接着喝。"我匆匆说，"下次，我带我奶奶来。""小米，这盒点心你带走。"走出店门的时候，猫阿姐递过来一个小盒子。

走出小店，我飞快地往家跑去，一进家门，就听到门外妈妈的声音："你还买了松仁糕？我记得你就喜欢松仁味……"

松仁糕？我打开那个小盒子，包装袋子下一张小卡片，上面写着：

小米，理解的味道棒极了。这是一张千果城的百味卡，收集十二张后，会有奇迹出现呢。

猫阿姐

猫阿姐，我也明白了，有一颗感受爱的心，才能品出最棒的理解的味道。捧着松仁糕，我想到爸爸妈妈，这么好吃的点心，一定要请他们尝尝。

对了，林琪提到的十二张百味卡，我竟然真的收集到一张了。百味，是人生的百种滋味吧？我小心地把百味卡放进抽屉，蓦然发现魔法信笺上的十二色花瓣凋落了一瓣，而那一瓣的颜色刚好就是第一张百味卡的颜色……突然间，我懂了，魔法刚刚开始！我对寻找青枝有了信心。这张信笺，并没有失灵啊。

4

阿獾的七星蛋挞

“小米，你会做蛋挞吗?”安安拿着一张广告单子过来跟我说，“下周日美林街上的阿獾蛋挞房要举行一次现场蛋挞比赛，参赛者可以品味所有的蛋挞，太想去了。”

我摇摇头：“不会呢。”“不会就先找地方学一下。”安安立即下决心，“你不是也很喜欢蛋挞的吗，我们先从网上学习一下。再找师傅请教请教，反正离比赛还有好几天。”

听她这么一说，我也有点心动。回家后到网上查找做蛋挞的视频看起来，我把那个视频看完三遍以后，信心满满地对妈妈说，我准备做蛋挞。

妈妈吃了一惊，她停下手中正在洗的番茄，好像我说的话也是一个大番茄一样，她揣摩了好一会儿说：“你的想法也需要清洗一下，像你这样连饼都没做过的人，怎么能做蛋挞，那可比做饼要高几个难度。”

“妈妈，千万不要小看起点低的人。”我信心满满地说，“我的想法早就清选过很多次了，现在这个想法可是比最甜的番茄都诱人。这是我需要的食材。”说完，我把写好的纸条往厨房门上的夹子上一夹。

“哗——”妈妈打开水龙头，继续清洗番茄，我满意地回到房间写作业，我知道，妈妈这是同意帮我准备食材了。

接下来的时间，我常常在背诵做蛋挞的程序。

周六，爸爸妈妈出门后，我赶紧开始动手。

先做蛋挞皮，和面，解冻植物黄油，一层层擀面……我忙得不亦乐乎。我满怀希望地把做好的挞皮放进烤箱，再开始倒牛奶，打鸡蛋黄，加白糖……做起了蛋挞馅，我严格地按网上要求的比例操作，虽然厨房里一片兵荒马乱的情形，但是我觉得我的主角一点儿没受影响，应当可以做成功。

就在烤箱开始滴滴答答运作的时候，我的心里满怀期待，在这个被我折腾得乱七八糟的厨房中，我觉得我像一个超级女巫，正在变出一盘子奇妙的蛋挞。真的，尤其是在烤箱飘出阵阵甜香的时候，我更加飘飘然了。

但是，这个最讨厌的“但是”出现了，烤好的蛋挞跟视频上的根本就是两回事，那千层的蛋挞皮在我的盘子里就是一层厚厚的“壳”，而蛋挞馅也没有那种柔滑爽口的感觉。

“怎么会这样?”当我和安安会合尝了彼此的“试验品”蛋

挞后，竟然异口同声地叫起来。安安叫的意思当然是我怎么做得这么糟糕，而我叫的意思是安安怎么做得这么成功。那一刻，我心里特别堵得慌。

“你是不是哪个步骤忘记了？”安安问我，“你的手一直比我巧。你是不是没有认真啊。”天地良心，我真是花了九牛二虎之力的，我说：“我们明明看的是同样的视频，也是同样的食材，做法也是一样的，出现这样大的差别我实在想不通，会不会有人帮你的忙？”“太冤枉了！”安安一脸委屈，“我都没让妈妈帮忙，不对，我妈妈一直在旁边帮倒忙，就是一个劲儿嘲笑我，可是最后烤出来，她也有点不相信，要不，我们一起来做一次？”

“我们说好第二次做创意蛋挞的。”我想了想，“不能一起做，一起做会互相影响的。说不定我第二次就做得比你棒了。”

“是的，是的。”安安忙点头，“你一定行的。”

告别了安安，我赶紧往美林街走，那儿的蛋挞屋那么多，我要去找找灵感。还没走上美林街，就有声音叫住我：“小姑娘，等一等。”我回过头，居然发现路边有一家流动的蛋挞屋，里面探出了一个獾脑瓜。真的是獾在叫我？

“小姑娘，你忘记了？昨天你还跑来跟我讨论我怎么做蛋挞，我说我忘记了……”獾提醒我，“我叫阿獾，你叫什么？我怎么又给忘记了……”

“我……叫小米。”我心里想，难道昨天安安来向阿獾请教做蛋挞了？

“小米，虽然昨天我们讨论了怎么做蛋挞才好，但都是嘴上说说，我今天想到主意了，你可以跟我一起做一遍啊。做的时候，你就会明白我当时的心思。”阿獾非常热忱地邀请我，“大家都觉得阿獾的蛋挞是最好吃的，以为我有什么秘诀不肯告诉大家，其实真的是我记性不好，从来记不住每次的做法。你可以来亲自体验一下。”

阿獾的蛋挞？我想起来了，是同学们一直口口相传的一种最美味的蛋挞，每天都限量购买的蛋挞，一天最多出售 10 个。至今为止，我还从没尝到过。安安尝过后说，那是世上最好吃的蛋挞，跟我炫耀过很久。眼前这个不起眼的小獾，竟然就是制作这种绝对美味的厨师？她竟然想教我做蛋挞？或许，当你足够倒霉的时候，真的会碰上足够幸运的事。

慢，我突然想到，这个幸运儿好像应当是安安，阿獾昨天遇上的肯定是她？可是，安安已经把蛋挞做得那么好了，如果再接受阿獾这样一番指点，那我怎么可能超得过她？

这个想法一冒出来的时候，我自己也吓了一跳：原来，我的潜意识里，一直是在跟安安比较的，一直想超过她的。所以，第一次败给她后，我心里面是不服气的，想要扳回来。

“谢谢，你是决定现在让我跟你一起做蛋挞吗？”我不能放弃这个最好的机会，安安，你不能怪我，这算我的运气。

“对啊，我今天还没做蛋挞，就是一直在街口等你再来，

我记忆那么差，怕在街道里面对很多人的时候，无法认出你。”阿獾开心地说，“快进来。我在等你的时候，数了数，在你之前一共有七个人走进了美林街，七个人，今天我们做七星蛋挞。”

听起来很不错啊。我赶紧跑进阿獾的流动屋。

和面，加黄油，一层层擀面团……阿獾做蛋挞皮的过程跟我似乎是一样的。

这时候，阿獾拿出一张纸来，在纸上画不同的星形，她念念叨叨：“七星是不同大小，不同形状的，北斗七星，一天枢、二天璇、三天玑、四天权、五玉衡、六开阳、七摇光……”

这跟蛋挞有什么关系？我奇怪地盯着阿獾的各种模子，她居然真的要自己做七种星形模子。模子有那么重要吗？我有点疑惑。

“模子当然重要了，它决定着你最后做出来的东西。你跟着一个模子做蛋挞的时候，会想着什么样的味道配这种样子的蛋挞。”阿獾仿佛知道我心里想的，一本正经地对我说。

“可是……”我想说味道不就是早就决定了的吗？可阿獾已经开始专心做模子了。也是，蛋挞皮要冷冻一阵子，这个时间做模子倒是刚刚好。

“小米，你来做这两种，”阿獾把锡纸递给我，让我做她图片上的第三、四幅，“每种星的形状不同，味道也不同，你做模的时候可以确定一下味道。”“味道我自己确定？”我有点不相信自己的耳朵。“对的，你希望这是一颗什么味道的星星，就是什么味道的。”阿獾认真地说，“就像画家的画有自己的风格，音乐家的音乐有自己的情感，点心师的点心也是有自己的安排的。几乎每一种点心都有一个此时此刻刚刚好的味道，比如，清凉的薄荷味是一种安静的味道，比如浓郁的果奶味是一种渴盼的味道……那是那一刻心情和感情的记录。”

这么自由？不用按严格的比例？不用按先后的顺序？我哑然，这好像跟我做蛋挞完全不一样。“当然基础是一样的。”阿獾和面时温温和和地说，“但是在每一个环节上会加上一个当时的东西，这个当时，可能是刚好飘进屋的一片花瓣，可能刚好刮来一阵暖风，也可能刚好有个不怎么样的叹息……我的意思是，点心师当时的状态很重要。不能一直在心里背程序。”

噢，我好像一下子豁然开朗——我太紧张于那个一环接一环的程序了，我压根儿没有像阿獾这样享受每一个过程；我一直纠结于每一份食材的精确分量，忘记在其中可以有一些添砖加瓦或删繁就简；我把厨房弄得像个战场，而阿獾显然把厨房当成一个魔法屋，在其中点击着时时有意外奇迹的魔法小棒……

脑子里面好像有什么被突然打通了一样，我赶紧做起自己的那几份星形蛋挞来。因为阿獾的鼓励，我觉得自己操作的一定要突出点自己的风格来，就在锡纸模上画了个小图案。我抬眼看阿獾时，发现她在锡纸上也在做不同的标注，非常非常专注哩。

做好模子，阿獾把小厨间收拾得干干净净，再开始一个一个切面团做蛋挞皮放进模子。“蛋挞馅你就自己配置。”阿獾很自然地把冰箱里的各种馅给我，“你可以随意调。”

“万一，万一做失败了。”我着急地叫起来，“那今天不就没有蛋挞卖了？”“不会，”阿獾笑，“失败的也可以出售的。你难道不知道天下人的口味都是不一样的？你认为失败的可能人家觉得很成功。你就是想多了。”

听到阿獾这么宽慰我心的话，我果然是一点儿负担也没有了，开始按自己的喜好调配起来，脑子里面有着做蛋挞馅的方法，但我已经不满意那个方法了，我有了自己的加加减减，而且我为着自己的这些加加减减兴奋不已，充满信心。

终于，在我和阿獾满是乐趣的捣鼓中，七星蛋挞完工了，我们把它们送进了烤箱。

“在自己的包装纸袋上写一句感受吧。”在我以为最空的时间里，阿獾拿出了不同的包装袋子。

好像，真的有很多话想说呢。

“也许，你只是看到了一颗星，但是，你其实遇到了我的心。”我在一个袋子上写。

“星光是什么？是一种想象。七星蛋挞是什么？是一种发现。”我又在另一个袋子上写。

“七星，是哆来咪发嗦拉西，是七个音符……”“七星，是七个小矮人……”阿獾写的字好可爱。

“我要把流动屋推到美林街卖蛋挞了。”把烤好的蛋挞装袋子后，阿獾把我自己做的蛋挞递给我，对我说，“我今天只出售五个蛋挞。再见啦。”

我一边跟阿獾挥手一边往安安家跑，这次的绝对是创意蛋挞。但我很想跟安安分享我现在的感受，谁输谁赢一点儿也不重要了，美味的食物需要最美好的心境去品尝。

到了安安家，她居然不在，她妈妈说她出去了，我把蛋挞留给她，赶紧回家，我得回去把厨房收拾干净，我想好了，我一定要单独来试试阿獾的做蛋挞秘方。

“咚咚咚——”，我刚收拾完，就听到安安在门外嚷嚷，一打开门，她像小猫似地扑进来，“小米，你也给我带了阿獾的蛋挞，你不知道昨天我还想跟阿獾姐好好请教一下，可人家不肯搭理，今天我买到最后一个她家的蛋挞，想送给你研究研究的，没想到你竟然能买到两个，好神奇，你是不是找到新秘方了？”

“找到了。”我郑重地点头，“阿獾说不能全看配方，还要看自己的判断，自己的想法，自己的感觉……”

安安吃了一惊，又有些落寞：“小米，这个话，明明是我对阿獾姐说的，你怎么会知道？这是青枝小姨以前说的。”

“哈，这是诀窍，安安，因为你心里就是这么想的，所以你做出来的蛋挞就是那么好吃，我呢，也要来试试……”说着，我又开始和面……安安赶紧洗好手一起来做。

这会儿，我和安安，就像刚刚的阿獾和我一样，开始搭档做起来，一切都仿佛排演过了一样，一步一步……

“好香的味道。”爸爸妈妈开门进来，看到我和安安在厨房，看到我们把厨房收拾得那么整洁，意外极了：“我们以为要回来收拾残局的，哪想到是回来品尝美味的。”

可不是吗，我和安安一起做的不是七星蛋挞，而是亲子蛋挞，太阳月亮蛋挞，爸爸和妈妈一人一个，咬了一口后连连点头：“不错，很不错呐。”

我和安安相视而笑。“我们可以去参加比赛啦。”我们手拉手跳起来。

第二天一早，我和安安一起跑向美林街，一起跑向那个比赛的糕点屋，我突然觉得这个糕点屋好熟悉，不就是阿獾的流动车屋放大了吗？好多来比赛的人都到了。

“比赛要开始啦。”这时，店主从里屋出来，不是阿獾，是一个大姐姐。“你说阿欢姐是不是很了不起，她做的七星蛋挞简直绝了……”旁边的小姑娘悄悄对安安说。安安不住地点头。

阿欢姐？阿獾？我脑子里面有点乱，不过，我看到阿欢姐分给大家的材料，心就突然安宁了，那锡纸，那包装袋子……还有大姐姐的笑容，让我觉得我依然是在阿獾的眼前晃动，我对今天的比赛充满期待。

你一定猜到了，我得了大奖，大奖是一盒大姐姐做的蛋挞，而蛋挞盒子下面，是一张百味卡。

小米，这是最好的奖励哦。

千果城的阿獾

啊，第二张百味卡！当我看到这张百味卡跟魔法信笺上新凋落的花瓣一个模样时，心里特别欢喜，默默地说——亲爱的千果城，亲爱的青枝，请等着我。

5

兔小姐牌馅饼

天空的脸果然如小孩子，说变就变。刚刚还是艳阳高照，这会儿就阴云密布起来。

“啪啪啪——”雨点如断线的珠子落下来，我赶紧找屋檐躲起来，刚到屋檐下，我就摸到了书包侧袋里的雨伞。我想到，刚刚放学的时候，林琪把她的雨伞放到了我的书包里，她开玩笑般说：“伞给你带着，我今天去兔太太的馅饼屋吃馅饼。如果下雨了，我就等雨停，说不定可以跟兔太太学学做馅饼。我可以做次能干的小厨娘。”

兔太太的馅饼屋在学校的后门，是由两位胖太太开的小店，她们家的馅饼都是兔形状的，她们两位店主也自称“白兔太太”和“灰兔太太”。林琪吃过一次她们家的馅饼就迷上了这家馅饼屋，一有机会就会跑去吃。

听着“噼噼啪啪”的雨声，我想这个时候，林琪在馅饼屋里是不是庆幸自己有理由多待一会儿了？说起来，她现在的理想实在不怎么高大，一个小厨娘？我可不。

“嗨，小姑娘，你跟我来。”我独自撑着伞走在雨雾中的时候，听到后面有声音传来。一转身，看到一把跟我手中的黄雨伞一模一样的伞下，一位穿着白裙的兔小姐在冲我眨眼。

是不是我还在想着林琪的事，所以眼前出现了这样一只兔子？我摇了摇头，但并没有把眼前这位兔小姐摇开，她指了指我手中的黄雨伞，对我眯眯笑：“这个可是我们约定的暗号，你难道忘记了，给你这把南瓜花伞，就是会在雨天的时候接你去兔庄园。”

兔庄园？我还没有回过神来，兔小姐就拉起我，对着我们俩头顶的黄雨伞各念了一句咒语，黄雨伞就带着我们飞起来，雨点依然滴滴答答敲打着伞面，但现在听来，分明是敲击一支好听的曲子。

很快我们俩就落地了。“把伞收起来。”兔小姐对我说，“我们到兔庄园了，马上到家我们就开始做馅饼了，你可是我请来的师傅，一定要做出天下第一馅饼啊！”

我什么时候成馅饼师傅了？我正想反问兔小姐，可是我又一下子反应过来——那把黄雨伞是林琪的，也就是林琪和兔小姐之间有过约定，那么，做兔小姐的馅饼师傅肯定也是她承诺的。怪不得她整天要去那个“兔太太馅饼屋”，原来是为了这个兔小姐！只是现在，兔小姐显然只认黄雨伞，不认脸蛋儿，我跟她也没法解释。当务之急就是做馅饼。

说起做馅饼，倒是我家奶奶的拿手活。她以前总是对我说："小米，不要说别的，一个女孩子家，能做一手好馅饼是件十分了得的事。"虽然我挺爱吃奶奶做的馅饼，但是对奶奶的话表示不赞同，因为我妈妈就不做馅饼，妈妈每天穿得光鲜亮丽地在公司奔来走去，人家都用一种羡慕加敬重的眼神瞧着她，我觉得妈妈那个样子可比会做馅饼的奶奶要了得。于是我对奶奶说："我可不想做馅饼，那会弄脏我的新裙子。"奶奶只好叹口气，自己在那忙碌。但是，她会一会儿让我帮她加点糖，一会儿让我帮她打个蛋，她说，亲自参与做的饼味道是不一样的。

到晚上，一家人吃馅饼的时候，爸爸妈妈夸饼的味道好，奶奶会说："那是因为小米也动手帮忙了啊，你们尝到了女儿的味道。"我只好脸红地笑笑，心里当然知道那是奶奶的心理作用，但竟然也会觉得馅饼味道有不一样的好。

想到这个，我就慌张起来，虽然是陪着奶奶做过那么多次馅饼，但怎么也不可能担当"师傅"一职。

在我惶恐不安的时间里，兔小姐已经把我拉进了她的厨房，她关上厨房门，指着一桌子的食材说："我已经把所有的准备工作做好，就等你来了。你知道吗？今天是兔奶奶的生日，我们兔子家族晚上会聚餐，我问过兔奶奶，她最想要的礼物就是一盒馅饼。上次换黄雨伞给你的时候，你就在婶婶家馅饼屋品尝馅饼，你还说，你能做出天下第一好味道的馅饼。”

婶婶家？上次在“兔太太馅饼屋”品尝馅饼的时候，我也在，当时林琪说这话是因为她妈妈老笑话她学不会做馅饼，她发狠劲儿才那么说。怎么给这兔小姐听了去？怪不得林琪离开的时候对我说：“我怎么觉得我的黄雨伞变了样子。”我当时还笑她：“你是馅饼吃多了，眼睛也花了，这不就是黄雨伞？”

现在看来，眼花的是我才对，兔小姐那个时候故意换走了林琪的黄雨伞，就是想今天来接她去做这“天下第一馅饼”。

“你为什么想让兔奶奶得到最想得到的礼物？”我对兔小姐这么费心思地做馅饼好奇起来。“兔奶奶好像丢失了味觉。听说年纪大的时候，味觉会慢慢消失，这个听起来挺可怕的吧？兔奶奶曾经是个美食家，尝一下食物就知道这食物是什么时候谁做的，甚至做的时候心里想点什么也能说出来。这样一个美食家丢失了味觉比什么都可怕。前一阵，我从婶婶家拿回来馅饼给她尝，兔奶奶竟然非常喜欢，她说她能感觉到这是一个高手指点婶婶完成的作品，我想，那个高手非你莫属了，所以，我准备跟你学做馅饼，以后天天做不同口味的馅饼给兔奶奶，她的味觉就能回来了。”兔小姐非常认真地说。

原来是这样。我刚刚还想老老实实承认不会做什么天下第一馅饼，听完兔小姐这一番话后，心潮澎湃，或许我应当尽自己的最大努力去帮兔小姐完成这一任务。那个指点兔太太做馅饼的人我倒知道，就是我奶奶。那天，她拿回家一大盒馅饼对我说：“小米，你们学校后门口那个馅饼屋的太太硬要我去指点她们一下，她们说我的手艺再不教她们要失传的，你尝尝，她们新做的馅饼味道真不一样哩。”我当时忙着写作业，对奶奶一个劲儿摇头，让她拿去给别人品尝。现在听兔小姐这么一说，还真有些后悔当初没好好尝一下。

“先和面。”我开始静心回忆奶奶做馅饼的步骤。“好。”兔小姐非常听话地开始舀面粉，用温水和面。

“然后发酵。”我说。

兔小姐把酵母均匀地撒到了面团上。

“对了。”我想起奶奶说过的话，赶紧对兔小姐说，“面团发酵是一个漫长的过程，在这个过程中，足可以做一个美梦了，如果可以把你兔奶奶的一个美梦塞进这个面团里，估计这个馅饼对兔奶奶来说，肯定是天下第一了。”

其实奶奶跟我说这番话的时候，我当奶奶在开玩笑。但是在面团发酵的味道中，我确实总坠入一个个甜美的梦里，当我醒来的时候，会看到奶奶打开发酵好的已经胖了几大圈的面团冲我神秘地笑。然后她总会跟我说：“这个面团里装了你的美梦，都鼓成这样了。”我再闻到发酵好的面团传来的那股甜香时，真感觉和梦里的香味是一样的。

“原来这就是天下第一的秘方。”兔小姐激动起来，“我刚好有装梦的云朵袋子。”说完，她赶紧洗好手，带我到她的卧室里去，她的枕头下面，果然有一朵压得扁扁的云朵袋子，她赶紧把那个扁袋子拿起来，拉着我飞快地往兔奶奶的屋子走去。

兔奶奶没有睡觉怎么办？兔小姐瞧瞧我，对我说："你会不会唱摇篮曲？兔奶奶每次听摇篮曲都会睡着，最多唱三遍。"看到我点头，兔小姐就拉着我跑到兔奶奶面前："奶奶，这是我的好朋友黄雨伞姐姐，她会唱歌，你想不想听？"

"黄雨伞最会收集雨点儿的歌了。"兔奶奶很有兴趣地盯着我，"唱来听听？"我赶紧哼起了"摇篮曲"，一遍一遍哼。"这曲子不错，让我想到很小很小的时候……"兔奶奶果然迷糊起来，慢慢地闭上眼睛睡着了。

兔小姐取出那个云朵袋子，放到了兔奶奶的脑袋下。那云朵袋子真的一点儿一点儿鼓起来，仿佛一个很慢的打气筒在对着它打气。但是再慢，这个袋子也鼓得越来越大，越来越大，大得要超过兔奶奶的床了。

"够了，够了。"我小声对兔小姐说。"我们趴在这个梦袋子上，它会载我们回去。"兔小姐说着先趴了上去，我赶紧学她的样子趴好，抓紧了袋口。

一回到兔小姐的厨房，兔小姐就打开发酵的面团，把云朵袋子的"梦"挤进了面团中。面团一下子芳香四溢。

"现在，开始准备馅了。"我使劲地回忆奶奶做的馅，"橘子两瓣，香蕉三片，樱桃五颗，冰糖七粒……对了，还要加上自己的愿望，最多三个愿望……”

“嗯。”兔小姐把我当成了不起的师傅，一点儿也不敢怠工，一步一步地操作着，额上开始冒汗。

“馅饼的上下要各划三道口子，表示三个愿望。刷黄油的时候刷三次，放进烤箱的时候，上下火都是一百二十。”说完最后一个步骤，我的额头上也全是汗。

接下来，就是烘焙时间了。我松了口气，对兔小姐说：“等待是最需要耐心的，这个时候，可以想一想怎么来包装馅饼，怎么来给馅饼起不同的名字……”说着这些很顺溜的话时，我自己都在心里佩服自己——我什么时候把奶奶的话背得那么熟练了？我不是一向觉得妈妈那种不下厨房的酷样子是我的榜样吗？我怎么可能爱上做馅饼呢？

“我真没找错师傅。”兔小姐一边找着不同的包装盒和包装袋，一边说，“我已经闻到这炉馅饼的香味了。”

“这只是一种口味的馅饼，你的礼物如果是拼盒馅饼，至少要三种口味。”我记得奶奶是这么说的，“发酵的面团一般够三到四种口味，你可以尝试一下你想到的任何馅儿。”

“啊，原来这个也是要创新的。”兔小姐叫起来，“我就说嘛，师傅怎么可能不让我动脑子，我来好好想想……师傅你到外面走走，我好了会让黄雨伞去接你。”这个徒弟倒是安排得很周到，我现在总算舒口气了。虽然不知最后的结果，但我真的尽了全力。

兔庄园倒是一个好地方，不说那些四叶草摇曳生姿，不说那些野菊花生机盎然，不说那些紫薇花盛情开放，单单那一丛丛兰花就叫我看傻了眼。我刚要走到南瓜田的时候，我的手上就飞来了黄雨伞。好吧，这把黄雨伞的秘密一定就在这南瓜田里，兔小姐怕是不想让我发现……

“好啦，你快来尝尝这三种馅饼。”兔小姐呈上模样别致的兰花样馅饼，菊花样馅饼，四叶草样馅饼。我一看就胃口大开，赶紧各尝了一个：“好棒，真正天下第一！”

“我认为也是。太谢谢师傅啦。对啦，你帮我在包装盒上画个标志。”兔小姐递上了她精心设计的包装盒。我三下两下画下了兔小姐的模样，递还给她说：“这就是兔小姐牌馅饼。”

“不好了。”兔小姐一瞄到厨房的胡萝卜钟表就急了，“黄雨伞的魔法时间快到了，你得回去了。下次，下次，你还要来教我啊……”

兔小姐的话还没说完，黄雨伞就拉着我往上飘，飘向了云层……

“小米，你到哪儿去了？”雨雾中，我看到了林琪，她竟然在我家门口，“我等你好一会儿了，你奶奶刚好在馅饼屋，带我到你家来等你的，快把伞还我。”

林琪接过我手里的黄雨伞时，又认真地瞧了一眼：“怎么这个伞……小米，你知不知道上次买这把伞时，我俩拿错了伞，这把是你的，上面有小米两个字。现在，那两个字消失了，你换回来了?”

“什么……”我完全记不起来这事。“哈，两把一样的伞，就是一把多个名字。”林琪笑起来，“给你带了馅饼的啊，今天居然有兔小姐牌馅饼，新品啊。”说完，林琪撑着伞回家去了。

我跑进家门，果然，那个新包装盒上写着“兔小姐牌馅饼”。“小米，”这时，穿着围裙的妈妈从厨房出来，“我今天也做馅饼了，你来比比，哪个味道好?”妈妈也做馅饼了?看到我不可思议的眼神，妈妈笑了：“其实工作不忙的时候，我也挺爱厨房的。”

突然间，我的眼眶湿了，天下第一的馅饼，是奶奶的味道，是女儿的味道，是妈妈的味道……其实就是家的味道啊!

我仿佛想到了什么，打开馅饼盒子，果然，一张画着兔小姐的百味卡出现了：“小米，你真棒!”

这是第三张百味卡!我悄悄打开魔法信笺，看着信笺上飘落的第三片花瓣，对接下来的一切充满了期待：原来千果城有那么多有趣的餐馆就在身边，有太多的好味道等着我去发现，实在太神奇了!

6

猪先生的馍馍

晚上，我在房间里写作业，正被卷子上的题目搞得焦头烂额，外面客厅里爸爸在叫："小米，来接个电话。"

一走出房门，我看到爸爸的表情，就猜到是谁来的电话了，爸爸满面笑容的样子，除了安然，不会有谁让他这样开怀的。安然是那种对谁都热情洋溢的姑娘，不用说，爸爸接电话的时候，她已经对他进行了一番"糖衣炮弹"的轰炸，以至于爸爸眉眼间全是笑意。

"亲爱的小米，"电话那头，不出意料是安然甜腻的声音，"明天你能不能帮我带早餐啊，我刚想到，明天居然是我值日，你想想，值日生要早二十分钟进教室呐。二十分钟，可不就是我选早餐吃早餐的时间吗？小米，你就帮帮我吧。"

"你要吃什么？"我不想对安然的言论发表任何意见，只想快点结束这个目的明确的电话，还有一堆题目等着我去填答案。“馍馍。”安然说，“百合街上有一家馍馍哥……”

“我知道了，明天见。”说完，我不等安然回答，就挂上了电话。我知道她在那头肯定惊叫起来。可是，她应当理解我，我写作业一向慢，所以我需要更多的时间来思考标准答案。

不就是带个馍吗？用得着铺垫出这么多话来吗？我心里嘀咕，继续回房间做作业。写到语文作业的时候，我突然明白安然为什么想要吃馍了。今天的语文作业有个课外阅读的练习，这篇课外阅读的短文，讲的是猪先生做馍的故事，大意是，猪先生开了一家早餐店，他想做出最好吃的馍，但他不确定最好吃的馍是什么味道的，于是就去请教大家。狐狸告诉他，最好吃的馍是狐狸奶奶做的；鼹鼠告诉他，最好吃的馍是鼠阿姐做的；兔子告诉他，最好吃的馍是兔大婶做的；猫咪告诉他，最好吃的馍是猫爷爷做的……猪先生没有听到一样的答案，他心里一直以为最好吃的馍是猪太太做的，没想到一个知音也没找到。

读着这篇短文，我也有些走神，我的眼前仿佛出现了各种各样的花式馍馍，色香味俱佳……刚刚安然一定也是在我这种状态下打电话说要吃馍的，为了吃个馍，她对我爸爸还说了一番好话，再对我细细叮咛，那会儿的安然，可是一个满心甜蜜的姑娘。想到这些，我的心里也甜蜜起来。哈，说起来，耐心而和颜悦色地跟他人交谈也是很有必要的……好了，明天早餐，我也吃个馍去，安然那么向往的，总有期待的理由。

上了床，我的脑子里竟然还是那些奇奇怪怪的馍馍，因为短文的结尾竟然说猪先生终于想到了最好吃的馍是怎么做出来的，然后请大家猜一下，他究竟做了什么样的馍出来。这个问题我想了半天还是没想出头绪。最后叹了口气先放弃，我挺怕做阅读短文的，别人觉得很简单的问题我却常常想半天也想不出来，很多时候我想的答案跟正确答案差了十万八千里。我知道安然肯定写好了答案，她在电话里那么轻松自在说早餐的口气，就是根本没有被任何题目难住的样子，我真羡慕她的这种状态。就好像短文里面的猪先生跟她是好朋友一般，她总能很快知道人家的心意。而我不行，我发觉短文里的主人公跟我总归是陌生的，他们谁也不把自己最真实的想法说给我听，然后我就绞尽脑汁地去想啊想啊，把时间都投了进去。投进去的时间是无声无息的，谁也不知道，那位猪先生，你说你是不是应当给我点暗示？为了你的馍，我都付出这么多心思了。

结果，我一晚上的梦里，都是馍馍……一大早醒来，我就对正在做早餐的妈妈说今天不在家里吃了，要去帮安然买早餐，就一起买了。“那……”妈妈有些失望，迅速地把她做的玉米小饼包装成两份，“你们再多吃一块我做的小饼好了。”“好的。”我带着妈妈做的小饼往百合街走。回忆昨晚安然提到的“馍馍哥”。

清晨的百合街非常安静，就如同一口安静的深井，而我走入其中，便如一颗石子儿落进了深井里，溅出些声音来。我很快看到了“馍馍哥”的醒目招牌，飞快地往那边跑去。

不过，店门虽然开了，却还没有人在卖馍。看来是时间太早了。

“有人吗?”但我可等不了多久，要赶去学校找安然呢，就对着店里面叫起来。

“来啦来啦。”先有声音传来，接着跑来了一个胖乎乎的影子，“你想要什么馍?”“最好吃的馍。”我脱口而出，实在是昨天晚上短文里的“最好吃的馍”深入我心了。“最好吃的馍不出售呢。你选点别的馍吧。”对方非常认真地回答。我这才仔细地瞧过去，天啊，在我面前的是一头小猪，一头小猪在馍馍哥卖馍。

“最好吃的馍不卖是留给你们自己吃的？别的就不是最好吃的了，我为什么要选别的?”我突然有点愤愤不平，对这头小猪刚刚的回答感到生气。

“不是的……不是的……”小猪急得脸上冒出了汗，“最好吃的馍不卖，不是卖的，但是能换，可以物物交换。”说完了这句话，小猪松了口气，仿佛把最困难的部分解决了。

交换？我忙问：“用什么交换?”“用你自己的食物啊，”小猪说，“你带在身上的食物，肯定也是一种最好吃的食物。这个世上，最好的味道一定只有自己才知道。”

我瞧了瞧手中妈妈做的玉米小饼，递了过去：“这个可以换吗?”

“当然可以。这个味道真好。”小猪伸手接过我的玉米小饼,“这是两块,我去给你做两个馍。”说完,小猪就往店后院跑去。

还要现做?我看了一下店里的钟表,幸好时间还早。

对了,猪先生?昨晚我读的那篇短文里的猪先生已经真的来到了“馍馍哥”?他真的找到了做“最好吃的馍”的秘方?这个联想让我一下子激动起来。猪先生讨教了那么久的秘方居然马上就成为我口中的食物了,这实在是有点神奇。不过,短文的最后一题我还没有得到答案,我现在应当去当面请教一下猪先生。

我正想抬步往店里面走,小猪已经出来了,他拦着我:“后院是不对外开放。”“我想去问问猪先生,最好吃的馍是怎么做出来的。你别拦我嘛,那是一道题目。”我扒开小猪的手,还是想往里走。“我就是猪先生,你还要去找谁?我在这儿给你做馍,不就是把题目答案暗示给你了吗?不然,我来这一趟做什么?”小猪一脸不解。

小猪……先生?我愣了一下,好容易回过神来,又认真问了一遍:“你是不是之前一直在找做最好吃的馍的方法没找到,后来找到了,那个方法到底是什么?你什么时候把这个答案说给我听?”

“这个答案难道一定要说出来你才知道?我明明是用行动

做出来了，你刚刚都没有想到吗？”小猪一脸的疑惑，“我已经告诉你最好吃的东西一定跟自己的感觉有关了，你还要我怎样？”

你能不能明明白白地说出答案？我差点这么叫出声，小猪先生这么含蓄可是我没料到的。他明明为了告诉我结果而来，费了半天工夫想要我心领神会，我又丝毫没理解他。

“最好吃的馍已经蒸好了。”这会儿，一个店员姐姐从屋里走出来，递上两份包装在盒子里的金灿灿的馍。一看到如太阳般明亮，如花朵般芳香的馍，我的注意力全部给吸引过来了。我赶紧打开一个盒子，先咬了一口，确实很好吃，软糯可口。咬着这个新买的馍我却品尝到了妈妈的味道，妈妈在做点心时，最喜欢加的蓝莓果子酱，最喜欢放的甜香肠，红皮花生……这里面全有哎，我咬的每一口都感觉味道不一样，真正是“最好吃”。吃着吃着，我的脑子里闪过一束光，我好像明白小猪先生的意思了。

“当——”，这时，钟声响起来，我赶紧捧起另一个给安然的一盒子馍往外跑，我知道时间有点紧，不能再继续跟小猪讨论什么答案了，那个题目还是去问问安然更靠谱点儿。

“我要的馍！”刚进教室，安然就跑了过来，抢走我手中的盒子，“到底是小米，一下子就能知道我要什么样的馍，昨晚上我还担心你根本不知道我想吃哪一种口味呢。”

三下两下，安然就把馍嚼下了肚，教室里除了两个值日

生，其他同学都没到，他们就争着看包装盒上的小猪，都很自然地和昨晚的作业联系起来："哎哟，这个小猪就是猪先生啊，猪先生家的馍真的是最好吃的吗？"

"味道确确实实是最好的。"安然回味无穷，"我觉得我尝到了妈妈做的汤圆的味道，妈妈做的花茶的味道，妈妈做的米饼的味道，还有小米做过的桂花糕的味道……总之，是许多许多好味道的综合，如果这个不算最好的味道，我也想不到还有什么可能是最好的味道了。"

安然品出来的味道怎么跟我完全是两回事？我刚刚尝到的完全不是这样的。两个一模一样的馍，味道居然可以千差万别？

两个值日生来了兴趣，研究起馍的包装盒。

"你看，这包装盒上有说明，馍馍哥的馍，豆沙馅，黑米馅，红糖馅，肉馅……一律两元钱一个，唯有一种神秘的最好吃的馍是无价的，只能到店里商量价格。"两个值日生把包装盒上的字念出来。

"刚我这个算什么馅儿的？"安然不明白了，"我怎么吃到了好多种馅儿的样子？最好吃馍是杂馅儿？小米，你出了什么价？"

"我……"我还没回答，教室里一下子涌进来好多同学，我就把话咽回去，冲安然说，"现在快点给我看一下你昨天的语文作业，最后一题的答案是什么？"

“那个不是很简单？肯定是饱含爱的馍是最好吃的馍了，你想想，所有的人都有自己认为最好的滋味，那个滋味来源于自己最爱的亲人。”安然肯定地说，“我其实刚刚在吃你带的馍的时候，已经把答案告诉你了。”

安然和猪先生一样，都觉得已经非常明显地把答案给我了。我反应总是慢一拍。

爱的味道……我一下子顿悟了，怪不得小猪要说“换”，饱含妈妈心意的玉米小饼自然是最好的味道，随身带的食物自然是最关心自己的人给予的，这些食物本身的味道可能我们都没有太在意，但是事实上，它们确实是最情深的味道，是“最好味道”。安然，一直都是把美好的“滋味”带给别人的人，她早就明白这个道理了。而我虽然到现在才明白，但这个想通的过程，是那么特别……

我赶紧拿出作业，飞快地填写最后一个答案……

放学的时候，好几个同学拉着我和安然，要一起去“馍馍哥”，他们听到安然说了“最好吃的馍”的事，一定要亲眼瞧一瞧，亲口尝一尝。我们一队人浩浩荡荡走进小店时，没有看到小猪，也没有什么猪先生，两位店员哥哥看着我们，很客气地询问我们要吃什么馍。

当我报出“最好吃的馍”时，他们一起笑着说：“这里的每一种馍都是最好吃的馍。你们可以随意挑。”

是不是怕没有交换的食物？我拿出老师刚刚奖励的花生

酥，对店员哥哥说："物物交换，我知道的。"

"小姑娘，我们这里不交换食物，所有的馍都是一样的价格。"哥哥们仍是一样的口径。似乎早上的事只是我的一个幻觉。难道那只从短文里面走出来的小猪，又回到短文中去了？因为我把答案写对了，他就安安心心地回去了？

"算啦，挑自己喜爱的口味好了。"安然和同学们倒是一点儿没想法，各自挑了一个口味就付款，我只好也顺手拿了一个水果味的。

"果然好吃。"大家一路啧啧赞叹不已，他们真把安然说的一切当一个故事。只有我有点失落。安然看到我的样子，凑到我耳朵旁："因为你的一个早餐故事，这家小店的馍真的成了最好吃的馍，小米，这家店若生意红火起来，你是功不可没的。"

她这么说，惹得我笑起来，咬了一口手中的水果馍，顿感味道奇好。突然意识到，因为安然的这个小安慰，馍的味道是不一样了……猪先生的馍或许味道都是特别好的。可是，现在的馍馍哥还是猪先生做的馍吗？

但是，无论如何，最好的味道，是因为有了最深的情意，这肯定不会错。投入了很多时间，结果肯定也会不一样。

水果馍的盒子里，小猪模样的百味卡出现了：

小米，喜欢我的馍吗？千果城最好的馍噢。

馍馍哥

我释然了，追上大伙儿一起往前跑。每一种味道都值得细细品味，不论是友情的味道，还是亲情的味道，每一个人都值得温柔相待，不论是朋友，还是家人。我的眼前，不知怎么，出现了青枝的笑容。她是不是看得到这一切呀？隐隐的，我感觉那一张百味卡散发出好闻的味儿……

7

羊阿姐的手擀面

米阿婆从国外回来，住回到我家楼上。她给邻居们分发了从国外带回来的一些小礼物，我拿着小礼物爱不释手，妈妈却在一旁唉声叹气。

看到我诧异的眼神，妈妈说，米阿婆的儿子在国外成家立业，不打算再回国，所以早先把米阿婆也接去，可是米阿婆住了一年非要回来，说落叶归根，说什么也不愿意长住他乡。但现在她独自居住，缺人照料，需要请个钟点工帮忙烧菜做饭。可这一带钟点工挺难请的，她询问了好多人都没有时间。

“要不网上贴个启示。”我提醒妈妈。现在跑腿办不了的事网上常常能成。听了我的想法，妈妈眼前一亮，赶紧打开了电脑。

第二天放学回家，妈妈对我说：“小米，果然有个人在网上给我留言愿意试试，我去问了问米阿婆，她希望钟点工会做手擀面，她这辈子最爱吃的就是手擀面。所以我给对方说让她做一碗手擀面送来尝一下，对方说一会儿就送来，你去楼下等等。”

这算是米阿婆的面试？面试这个词在这个地方用得多么贴切。我心里想着，赶紧放下书包去等面，想想吧，人家的一份新工作就在这一碗面里，我得多慎重才对。

到了楼下，也不见有谁送面过来，我就到桂花树下折桂花，“簌簌簌——”桂花落了我一身，这时候，透过桂花，我看到有个身影正向我家这幢楼过来，忙叫：“嗨，嗨，你是送面的吧？”那个身影向我转来，呵，是个很漂亮的阿姐，她笑眯眯地说：“是呢，你是小米吧？你妈妈说你会下来拿面。”

“好香！”这时，半路跑来了童爷爷，他一把接过阿姐手中的食品盒，“这肯定是我孙子刚刚给我订的外卖，他竟然知道我爱吃手擀面，太好了。”说完，他打开盒子就尝了一口，发出了满意的“啧啧”声。我和阿姐面面相觑，一时不知该如何应对。

“要不，你跟我去店里再做一碗，刚好擀的面还有一半没有下。”阿姐拉着我，“快走。”来不及多想，我已经跟着姐姐到了小区外面，她拉着我飞奔，穿过一棵棵高大的香樟树，我们闪进了一座小木屋。

厨房的案板上，果然还晾着新擀的面条儿。“哎呀，香料刚刚都用了，”阿姐叫起来，她瞧瞧我手里的两枝桂花，“这桂花是从你家楼下折的，做这碗面的香料正合适，给我吧。”“好。”我把桂花递过去。阿姐开始熟练地下起面条来。

这工夫，我打量起外面的屋子，大堂里面装修得精致，也收拾得整整齐齐，摆了好些木桌木椅子，像一家面馆，我说：“阿姐，你们家是准备开面馆吗?”“有这个打算。但是一直没想到面馆的名称，挺烦恼的。”阿姐面条很快下好了，她一边盛面条一边说，“还有就是我想了解一下这一带居民的想法，总要开一家让许多人欢迎的面馆才好。所以想乘做个钟点工的机会去多做点准备工作。走吧，你妈妈订的这碗手擀面是给米阿婆吃的?”“对的，米阿婆，她可是个面条品尝师，”我边走边说，“米阿婆做了一辈子面条，尝了一辈子面条，就是离不开面条。”

“原来，我是要给她做钟点工?”阿姐激动起来，“快点，我想见见这位听说了很久的阿婆。”“她也想见你的。”我加快脚步，“听说她在国外吃不到合自己口味的面条才回来的。”“呀……”阿姐惊叹，“你这么说，我有点儿紧张了。”

把阿姐送进了米阿婆的屋子，我就赶紧回家跟妈妈汇报情况。妈妈一听说是个漂亮姐姐，就乐呵呵地说：“估计没问题，米阿婆说现在的小姑娘都不会做手擀面了，她特想找一个小姑娘好好传授手艺。”

果然，晚上妈妈从米阿婆家回来时，欢欢喜喜地说：“小米，成了，果然是成了，米阿婆对这个小羊姑娘赞不绝口，一个劲儿谢我，我总算不负所托。”

“太好了。”想到米阿婆和阿姐一起做手擀面的情形，我也笑了，那会是一幅多么温馨的画面。

第二天，我放学回家的时候，被童爷爷拦住了：“小米，我一直在等你，昨天你看到我吃那碗手擀面的，对吧?”我点点头。童爷爷激动起来：“我说我吃了一碗美味的手擀面，吃过后，我想到了以前吃手擀面的许多事，可我们家孩子没一个人相信我，都说没给我订什么手擀面，也不可能有那种香草味的手擀面，你知道那家面店在哪里吗?我记得你好像跟送面条的小姑娘蛮熟悉的。”

“噢，那个面店有点远。”我安慰童爷爷，“要不，我一会儿去帮你预定一份香草味的面条?羊阿姐应当会同意的，明天中午我可以送到你家。”

“那就太好了。”童爷爷满意地点头，“还是小米最懂得我的心。”我回家放下书包跟妈妈说了声就下楼了，我得去跟羊阿姐预定面条。她每天都会给米阿婆做手擀面，只是明天要多做一份给童爷爷，或许，童爷爷一宣传，许多爱面条的人都会来预定，那样，羊阿姐的面馆很快就能开张了。

凭着记忆，我穿过那些香樟树，寻找着那座小木屋，还好，顺利地找着了。

我推开门，没有看到羊阿姐，只看到一只小羊正在院子的草丛里。“阿姐，阿姐……”我连唤了几声，那只小羊走到我面前，开口说话：“小米，这会儿你怎么会来？我正在采集草叶上的信息呢。”

这声音那么熟悉，阿姐竟然是一只小羊？所以，这“羊阿姐的面馆”是真正的羊的面馆？

看到我迟疑的样子，小羊微笑着说：“你跟我来。”说着，在前面引路，走到了一棵巨大的树面前，用头上的羊角敲了敲树干，树干上立即裂开一条缝隙，这缝隙越来越宽，宽到小羊可以自由走进，她示意我也跟着走进去，这条隧道不是很长，我们到了一个圆圆的大帐篷中，这顶帐篷是淡蓝的，帐篷之下全是茂密的细草，生机盎然的花卉，还有数不清的细小果子……

“这是手擀面的香料基地。”小羊认真地对我说，“世代生活在这片土地上的羊群最喜欢做的事就是把好味道的草叶瓜果收集起来，那些从前的草叶瓜果上留存着原来的味道，那些味道可能是米阿婆童年时尝到的味道，可能是童爷爷还是婴儿时闻到的味道……你知道作为一只只羊，对林间那些味道的敏感度是超过人类的。”

“所以，你们把这些味道都采集过来，培育起来了？”我惊喜地问，“那枝桂花的味道是不是就差了很多？”

“你忘记了？那棵桂花树原是米阿婆栽的，所以给米阿婆的面条中放那棵树上的桂花是不会有错的。我怕自己弄错不同

人的不同记忆，特意都做了标签。本来我们一直不知道这些香料存下来可以做些什么，直到你妈妈提到手擀面。其实我们一直知道米阿婆小时候在山坡上种了一坡草，就是给我们羊群的。每年她都不忘记在山坡上撒草种子，直到她离开家乡。她回来后，忘记了很多事，也忘记了很多好吃的，单单对手擀面记得那么清楚，作为报答，我就学着做手擀面了，那些香料可以做到不同的食物中去，但显然在手擀面里发挥了最好的效果。”小羊回答，“你妈妈在网上发帖的时候，我其实还没做过手擀面，但是我记得米阿婆做手擀面的样子，她总是记得自己的孩子喜欢松仁，还把松仁粉掺到面粉中，她还怕自己的孩子蔬菜吃得少，一定要用蔬菜汁来拌面粉，擀面的时候，要用粗的擀面杖，那样用力更大也更均匀……我就是回忆着妈妈说米阿婆擀面的故事来学习擀面的，因为我家里有这样独特的香料，就算面条做得一般，米阿婆也会品尝到过去的时光……”

“原来你是为了米阿婆才要开面馆的。”我感慨万千。

“一开始是为了米阿婆，但是，昨天童爷爷抢走了那碗面条后，我又改变了想法。”小羊嘻嘻一笑，“那些老人家，当他们牙口不是太好，唯有软柔的面条还依然很容易下口的时候，有一碗从前味道的手工面条，对他们来说，是不是挺幸福的。我想知道大家是不是都会和我们一样怀念从前的味道。我们家族的羊都认为从前的草芽从前的花瓣是最美味的，那些掺了日光月光星光的细草如最好吃的面条……”

对的，对的。我使劲儿点头："我这个时候跑来，就是受童爷爷之请，他真的也爱上你的手擀面了。我本来以为，你只要在给米阿婆做面条的时候，顺带多做一份，现在看来，还是两碗不同的面。不过，我可以帮你配送。"

"没问题。你瞧那一个小南瓜，"小羊指了指离我不远处，结在藤蔓上的一个金灿灿的南瓜，"那就是童爷爷的过去时光，童爷爷小时候最喜欢南瓜，但那会儿他是个淘气小子，经常把米阿婆种的南瓜摘走当成玩具，一开始他当球踢，踢破了很多南瓜，后来他在南瓜上画画。总之，米阿婆的南瓜地老是给糟蹋得所剩无几。但童爷爷后来倒是成为足球高手，还喜欢玩雕刻。只是你看他现在最爱的，就是做一碗南瓜手擀面，只是他年纪越大，做得越不顺手。当然，主要是他得不到当初的南瓜味道了，我这边生长的，就是他最初品尝到的南瓜。我会给他做一碗最正宗的南瓜手擀面。"

小羊这么说的时候，我看到那个南瓜在转着圈，仿佛把这些话也给转进心里面了。

"羊阿姐，现在我知道你的面馆要叫什么名字了。"我跳起来，"从前的味道。"

从前的味道？羊阿姐想了想，笑起来，"对的，从前的味道，从前的味道，我们珍视从前的味道。"

当我把一碗南瓜面条送到童爷爷的面前时，童爷爷先是惊愕，然后小心翼翼的样子像是在打开一件珍宝，他的眼睛里面竟然亮晶晶的，“这碗面条好像我的爸爸做的面条……香味都是一样的……我真不敢相信……”

“童爷爷，告诉你，这碗面条是一家新面馆做的，羊阿姐的面馆专门做从前的味道，你以后呀，可有口福了。”我忙把好消息告诉他。

“真的吗？”童爷爷激动地说，“小米，你一定要带我去看一看那家面馆，不然我不敢相信的。”

“好，明天我就带你去。”羊阿姐说了，明天“从前的味道”面馆就开张，是周末，又是吉日，我带童爷爷去捧场。

晚上，羊阿姐在门口对我妈妈说，想请我去她的面馆帮个忙。妈妈有些奇怪地边叫我边说：“哎呀，小米能帮什么忙……”

“别小瞧小米。”羊阿姐带我离开的时候对妈妈说，“她知道的可多可多了。”“呵——”，妈妈笑眯眯地看着我们离开。

“陪我去收集一些好味道。”一离开妈妈的视线，羊阿姐立即化为一只奔跑的小羊，“你骑上我的背，我们去云朵之上采摘这片土地上的好味道，我想好了，我要把家乡的味道都做到手擀面中去，然后晾晒包装，让米阿婆寄给国外的孩子，让童爷爷寄给远方的亲人……”

云朵之上？我还在惊讶，羊阿姐已经带着我轻盈地起飞，飞到了朵朵白云之间，“你摘最透亮的云朵就对了。”羊阿姐指点着我，不一会儿，我们就摘满了两大袋子。

落到地面，羊阿姐先送我回家，对我眨眼："明天等你啊。"我使劲点头。

第二天一早，我就去找童爷爷和米阿婆，哪知他俩早就在一起等我了，他俩聊着过去的事，眉眼间全是甜蜜和快乐，他们的身后，还有好多爷爷奶奶，看到我，都说："小米，快带我们走。"

走过了美丽的香樟树林，"从前的味道"这个大招牌显眼地挂在了木房子的屋檐下，门口是几位漂亮的阿姐，她们穿着漂亮的草裙，热情地欢迎着大家。

"羊阿姐，"我走到里间，凑到她耳边说，"你听听，大家都说，从前的味道回来了……"羊阿姐点头："从前的时光也回来了，小米，接下来等我们把手擀面寄出，会有远离这儿的故人说，故乡的味道飘来了……"说完，她递给我个小盒子，哈，第五张百味卡！

这会儿，我对那张魔法信笺充满了感恩，我对千果城更是充满了向往，经历着这种种味道，我和以前的我，不一样了。

8

鼹鼠阿木的香芋杯

周六的下午，阳光格外灿烂。

花叶阿婆种了一大片芋头。我去田地找她的时候，只见那些芋头叶子如一把把绿绿的小伞，在田间亭亭玉立。

“花阿婆——”我扯着嗓子叫，不知道阿婆此时在哪一把绿伞下忙碌。“这边，小米，”从绿伞丛中，阿婆朝我挥手，“到这边来。”

在密集的绿叶伞中，有几大片绿叶挨挤成伞群，花叶阿婆正坐在那伞群之下休息。

“阿婆，我爸爸说他订你的香芋杯，明天中午让快递员送到他们公司。”我走过去，靠着阿婆坐下，把爸爸给她打印的订单交给她，“我爸爸说一定要现在给你，他们明天加班，他要给大家点惊喜。他一直说你做的香芋杯是全城最好吃的香芋杯。”

“那是因为我有全城最好的芋头田。”花叶阿婆指着眼前绿意葱茏的田地骄傲地说，“就是我的香芋杯店还缺一个好名字。小米你要帮我想想。”

想店名我没兴趣，不过看着一地花叶阿婆挖的一个个小球似的芋头，我倒来了兴致：“阿婆，我帮你运芋头吧，这周末的作业比较少，今天下午我就当你的义工。”

“那太好了，我会奖你香芋杯。”花叶阿婆笑得脸上开满菊花。

这块芋头地离花叶阿婆新开的小店并不近，但是阿婆有一辆小推车，所以我装了一箩筐芋头往小店拉，不知道是不是顺风的原因，我拉得非常省力，很快就运完了一趟，跑回来接着拉第二趟，因为第一次拉得太顺手了，这一次，我就多加了一箩筐芋头。我拉一下，明显沉了很多，就放慢速度。到底是我贪心了，没走多远，我就大汗淋漓，呼哧呼哧喘大气，这时候，我竟然听到另一个喘大气的声音，难道我累了，我身旁的花草树木学着我的样子喘大气？我向四周瞧了瞧，没瞧到什么异常，但是在推车后面，却传来一个声音：“你是听到我喘大气了吧？你这次运的芋头也太多了，刚刚那一车，我用的劲太大，让你觉得毫不费力是不？”

循声瞧过去，竟然是一只鼹鼠，黑不溜秋的鼹鼠趴在小推车后，满面通红的样子看来是花了不少力气，一开始他就在车后帮我推车了。

“你别惊奇，”鼹鼠站直了，很正经地说，“我叫阿木，就住在花叶阿婆的芋头地里，你知道花叶阿婆的芋头田为什么一年更比一年收获多？主要是因为我一直在帮忙扩大田地。”

“你这么帮花叶阿婆有什么目的？”这位鼹鼠先生难道发现了什么商机吗？我爸爸倒是说如果帮花叶阿婆多推广她的香芋杯的话，花叶阿婆的香芋小店会有许多商机。

被我这么一问，阿木低下了头，显得非常不好意思。果然是有目的！我赶紧刨根问底：“看来还是一个秘密，难道你有不可告人的目的？”

“别说得这么难听。”阿木急急地打断了我，“只是雨滴喜欢香芋的味道，我想支持她也开一家跟花叶阿婆一样的香芋小店，这是个秘密，但是一个美好的秘密。”

“噢——”，我点点头，好笑地看看被迫说出这个秘密的阿木，“这的确是个美好的秘密，你干吗要脸红呀。你这么卖力地帮我运芋头，是不是为了得到香芋杯？”

“嗯。”这下，阿木索性很大方的承认了，“我打听过，花叶阿婆的香芋杯是最好吃的香芋杯，雨滴妹妹如果尝到，肯定会做出自己的特色香芋杯来。我刚刚听到你跟花叶阿婆的谈话了，阿婆说你帮她运芋头，她奖你香芋杯，那我也帮忙运……”

呵，我笑了：“阿木，我们接着运吧，明天午间，你到我家来拿香芋杯，每次花叶阿婆都在那时间送来，到时我们分享一下。”

“好，好。”听到我的承诺，阿木浑身又是劲儿了，催促快快出发。

于是，这个下午，我和阿木配合起来运芋头，配合得十分默契，花叶阿婆看到我花了平常的一半时间就干完了所有活，笑着说：“小米到底是长大了，做事竟然这么麻利了。我得给你做更大的香芋杯。”

阿婆说这话时，虽然阿木躲在一把绿叶伞后，但我能想象到他得意嬉笑的模样。

第二天午间，我刚做了一会儿作业就听到门外传来花叶阿婆的声音：“小米，快来拿你的香芋杯。”我顿时跳了起来，一下子蹦到了花叶阿婆面前，她果然提着一个大盒子来了。

“四季杯？”我发现花叶阿婆这一次送的香芋杯的包装和以前不一样，一盒不再是两杯，只有一大杯了，而且还有了新名称。“四季杯，”花叶阿婆笑着说，“我想到春夏秋冬四季应当有四层，不如做在一个特大杯里，春天的雪梨味，夏天的西瓜味，秋天的甜橙味，冬天的苹果味。这样一杯相当于四大杯，你尝后告诉我最喜欢哪一季的，下次我可以调整。”

可不么，这个四季杯的容量那么大，我可以分好几碗了，花叶阿婆的创意让我惊喜，我看到这四层香芋杯，色彩那么艳丽，层层都诱人，心想到时跟阿木各分一半，就欢欢喜喜地把它放进了冰箱。

“对了，小米，你到你爸爸单位去一趟吧，”花叶阿婆说，“快递员说如果没熟人带着去，香芋杯不能及时分发到各位手中就会融化。”

“行。”我赶紧跟花叶阿婆回小店，跟着快递员送香芋杯去爸爸那边，因为爸爸的同事们我都比较熟悉，就按着名单把香芋杯送到了不同的办公室，大家举着香芋杯，心情大好，我也觉得好开心。跟大家聊聊天就忘记了时间。

等我回到家时，已经下午了，我刚走进房间，就发现阿木坐在我的小凳子上巴巴地等着我，一看到我，就如踩了弹簧一样一下子弹到我脚上，“香芋杯”!

“急什么?”我把他带到冰箱旁数落，“我只不过出去一下，你就急成这样。”“当然急啦，如果你给了谁，那我怎么办?”阿木低声嘀咕。

“我答应你的，当然会给你留着。”我说着拉开了冰箱，“啊……”我看着空空如也的冰箱目瞪口呆，我放进冰箱的香芋杯不见了!

“怎么可能?”我喃喃地说，“怎么可能，爸爸妈妈没有回来过，我出去的时候也关了门，没有谁可以进来，就只有你……”我低下头看阿木，阿木已经叫起来：“没有了？你不是说分给我的吗？你骗我。”

“到底谁骗谁?”我叫起来，“是不是你拿去了？这上锁的屋子，除去你们鼠类可以进来，谁进得来？又有谁知道今天有香芋杯？你看冰箱里除了那个香芋杯，什么都没少……”

“你是说我拿走了？”阿木这才反应过来，愤愤地说，“小米你太冤枉我了，你竟然会这样想我？太叫我伤心了。”说完，阿木头也不回地离开了，我愣愣地看着他消失的背影想，是不是我话说得有点过了？可是，这香芋杯的事只有他知我知，家里什么也没丢，就少了这一个，也实在太蹊跷。

这时，外出的妈妈回来，她一边换鞋子一边说：“花叶阿婆说今天给你做的香芋杯忘记放牛奶了，味道可能有点淡，你可以吃的时候加一点儿果浆。”

“噢。”我应声疾步回房间去，怕自己的情绪外露。

窗外的梧桐树沙沙沙地响起，似乎是在奏一支曲子，不知是不是这曲子安慰了我，我感觉自己慢慢平复了心情。

“小米，小米……”听到极细小的声音从梧桐树上传来，一开始我觉得是我的幻觉，可这声音不屈不挠地继续着，我仔细地瞧梧桐树，原来声音是从树下传来的，树下是个小姑娘，我明明不认识她。

“小米，你下来。”她却像早就认识我一样，“快下来。”我狐疑地走到她身边问：“我们……认识吗？”

“我叫雨滴。”她说，“我认识你的，你快跟我去尝尝香芋杯。”说完，她拉着我就往小区外跑，跑着跑着，我们跑进了一片田地，那些花花草草仿佛瞬间疯长起来，长得超过了我和小姑娘，把我们淹没在草丛之内。草丛内竟然有一扇圆门，雨滴拉我走进圆门，七拐八弯地到了一间厨房，一进厨房门，我就闻到了香芋的味道。

“你来尝一下，你的四季杯我尝过了，我分了很多类。一种是四季香果杯，一种是四季坚果杯，一种是四季巧克力杯……”雨滴打开她面前的双门大冰箱，掏出许多个小小香芋杯放到我面前，对我说：“你每样尝一个，我特意做了这么多小杯的，你可以多尝几种不一样口味的。”

原来香芋杯是雨滴拿来了，这个雨滴怎么进屋的？

“我是鼹鼠啊，”雨滴显然知道我的问题，“我是悄悄跟着花叶阿婆做香芋杯的，然后也悄悄跟着她到了你家，看到你把四季杯放进了冰箱，因为我知道花叶阿婆这一次做四季杯的时候忘记放牛奶了，想帮她弥补一下，结果我好不容易搬走你冰箱的香芋杯，发现添牛奶就太满了，就改成这种多杯装的了，但是这变了样子的香芋杯就没法搬回你的冰箱，只能让你来……”

闹了这么半天，雨滴是想做好事的，结果却让我和阿木弄了这么大误会。

“雨滴，这些香芋杯是我要给阿木的。”我忙对雨滴说，“你能把阿木请来吗？”“阿木？”雨滴显然没有料到这些跟阿木有关，“他整天神神秘秘地说要帮我的忙，这会儿好像心情不好在屋里发呆。”

不就是没拿到香芋杯生气嘛，我忙说：“雨滴，他一尝这些香芋杯，就一点儿气也没有了。”

“这样啊。”雨滴半信半疑出去了，没过多会儿，两只小鼹鼠一前一后来了，阿木看到我在雨滴这边，非常惊讶，再看看眼前的香芋杯，便叫起来：“雨滴，谁教你的四季杯？是小米？”“我拿来小米放进冰箱的香芋杯，加工出了现在这种新产品。”雨滴说，“本来我当时悄悄拿走，打算悄悄变一变放回去的，没想到变出来的太多了。”

“啊……”小木惊讶地看看我，我也看看他，都不吭声。

“这个香芋杯是小米留给你的。”雨滴忙拿起来递给阿木，“你尝尝，我只是稍微加工了一下。”“我……”阿木脸红红的。

“嘻，这个四季杯本来是阿木送给雨滴你的礼物，阿木为了这个香芋杯，可是做了好多好多事。”我对阿木眨了一下眼睛，表示前嫌尽释，“还是你先尝，你说不定能懂得阿木的心事。”

“咦？还有这样的事？”雨滴不知道最后这香芋杯还是归她所有，“我们一起尝，刚好这么多口味！”

“行。”我和阿木一起拿了勺子开始挖香芋吃。味道真是芳草甜美，透出丝丝清凉。

吃着吃着，我的心里突然冒出一个画面：花叶阿婆看到了一群鼹鼠在芋头田间挖土，偷偷地笑着把芋头放到他们洞前……

阿木也突然叫起来：雨滴，我看到一个画面，你跟花叶阿婆在学做香芋杯。

雨滴也说：我还看到你和小米帮着花叶阿婆运芋头哩。这个香芋杯里面我加了一点儿秘密果粒，真的让你们都看到秘密了。

“我知道了，雨滴，以后你的香芋杯店就叫——秘密香芋杯。因为你收集的秘密果粒最多，那全是饱满的秘密果，用来做原料最好。”阿木高兴极了。雨滴也直点头。“那花叶阿婆的香芋杯店也叫秘密香芋杯。因为花叶阿婆说她四季杯里装的原料都是随机的，谁也猜不着。”我也好高兴，“我要去告诉花叶阿婆。”说着，我就飞快地穿过草丛……

等我把主意告诉花叶阿婆的时候，她立即同意了。现在，你们走到花叶阿婆的香芋杯小店，一定会看到醒目的“秘密香芋杯”五个字，你一定要尝一下。尝的时候，你一定会发现一些原来没在意的秘密呢，因为听雨滴说，她常常悄悄地把自己做的香芋杯跟花叶阿婆做的调换一些，反正，谁也看不出来的！都是一个包装，还是一个店名。但是，功能不一样噢！雨滴的香芋杯，可是有魔力的哟。

至少，我在雨滴的香芋杯里，又收到了一张百味卡！或许，仅仅是因为我收到了魔法信笺，才能得到这藏得好好的百味卡，但是没有得到百味卡的人，一样可以享受到美妙的味道呀。

9

松鼠面包房

今天一进屋，我就看到妈妈瞧着一盒面包在发愁。“怎么了，妈妈，这面包是为我准备的吗?”我连蹦带跳地过去。

漂亮的盒子上画着一个绿裙和红裙的松鼠，盒子里的面包是一个向日葵的样子，非常诱人。

“哎，这是你爸爸让给田爷爷准备的，但你田爷爷说，他是绝对不吃面包的。你爸爸说，最近田爷爷的胃不大好，这阵子主食最好多吃点面包。”妈妈苦着脸对我说，“可是我好说歹说，田爷爷就是一句话，他绝对绝对不吃面包。而且这个牌子他说不喜欢。真麻烦。”

这样啊。田爷爷是爸爸的好朋友田叔叔去远方工作时拜托爸爸多照顾的。爸爸一忙起来，事情自然落到妈妈身上，妈妈一犯愁，就来找我啦。田爷爷为什么不吃面包?这事情倒是很奇怪，看到这么油亮亮的面包，我可有胃口了，拿了一个就啃起来。

“让你想办法，不是让你吃面包。”妈妈白了我一眼，“你田爷爷真是太怪也太倔了。你去劝劝看，一般说老人就是老小孩，跟小孩子有共同语言。”

“好，吃了你的面包就要替你干活的。”我对妈妈笑嘻嘻地说，“我这就去打探一下田爷爷内心的想法。”说完，没有细看妈妈哭笑不得的表情，我就转身往门外冲了。

田爷爷家住得离我家不远，我很快到了，敲门进屋，我看到田爷爷正在煮一锅黑米粥，瞧着一锅比黑墨水还黑的粥我忍不住说：“田爷爷，这么黑乎乎的粥你都不怕吃，怎么怕吃金灿灿的面包?”田爷爷笑眯眯地说：“因为这粥里面有岁月的味道。这些黑色里面其实有最亮丽动人的颜色，也有最丰富的滋味。你不知道，我从像你这么大开始就喜欢喝黑米粥了。那时我跟我的爸爸选了一块地专门种黑米，黑稻米种植需要格外精心，别的稻田我关心的不多，但那块黑稻米地我可是跑过一次就要许一次愿望的，希望田地里产一地的黑大米……”我被田爷爷的故事吸引了，忍不住问：“那后来你家年年种黑米吗?”“没有。因为那些年黑米的收成一点儿也不好，爸爸就把那块地换给了别家。我再怎么反对也没用，其实那块地的黑米产量虽然不高，质量却好，我再也没遇到过那么好的黑米。”此时此刻田爷爷的样子像个斤斤计较的孩子。

看着一锅粥，就像看着那块地。

“田爷爷，你是不是想念那块地了？”我问。这些年，小镇的变化非常大，许多田地都变成高楼大厦。每次我和妈妈走过那些林立的楼房，妈妈就会说，原来这儿可是绿油油的菜地，原来我还在这儿摘过野花，原来这儿呀，有许多树木……妈妈说这些的时候，我就知道妈妈其实是想念过去的那些地方了。我总是对妈妈说：“我们得向将来看，不是向过去看。将来，这儿还会种很多树，这儿会有一个植物园，这儿还会有更多的鸟飞来……”妈妈就会笑逐颜开：“好吧，等你的将来。”

“前一阵我去过了，那儿现在是什么样你知道吗？”田爷爷更加愤愤然，“是一家面包房，很大的面包房！”哈，原来田爷爷不爱吃面包的原因这么别扭。我全明白了。原来田爷爷觉得面包房把他的美好记忆给埋藏起来了。

“你妈妈还给我订那一家的面包，松鼠面包房的面包，我简直要疯了。”田爷爷说着拉过我，“你回家告诉你妈妈，我绝对绝对不吃面包，更加不会吃松鼠面包房的面包。”

我被田爷爷的样子吓了一跳，结结巴巴地对他说：“田爷爷……我听爸爸说，老镇拆迁后，有很多田地都建成了商场，这个面包房……只不过恰恰在那儿……你为什么要生这么大气？”

听到我这么说，田爷爷愣了愣，颓然坐下：“是的，我生什么气，过去总要消逝的，记忆总要湮灭的，时间又不可能倒过来，谁也没有义务记录什么，谁也没有责任珍藏我的念想。我有什么好生气的？我有什么好生气的……”

“粥好了，田爷爷，喝粥啦。”我听到锅里粥“咕嘟咕嘟……”唱起来，忙转移田爷爷的注意力，跑去给田爷爷盛了一碗黑米粥。田爷爷走过来，缓和了情绪：“小米，我只是……”“我知道，你只是又想念小时候了。”我忙理解地说，“我妈妈说了，年纪一大点，就会特别想念小时候。田爷爷，你慢慢喝粥，我先回去了。”

我承认我几乎是落荒而逃。但是出了田爷爷家，我对那个“松鼠面包房”倒上了心，妈妈之所以去订那一家的面包，自然是因为知道那家面包好，因为就我对妈妈的了解，她对吃的东西还是非常讲究的。想到这儿，我决定去那家面包房看看，那家面包房无意中引起了妈妈的喜爱，无意中招惹了田爷爷。所以，我对它自然是想要探究一番的。

一路打听，这个面包房似乎非常有名，大家都热情地指点，看来确确实实是一家口碑非常好的店。

转了两次公交车，走了一条巷子，我总算找到了这家“松鼠面包房”。外面看起来，占地是挺巨大的。因为平常的面包房都挺小，这一家几乎有十几个小面包房那么大。而且这个面包房仿佛是封闭的，我伸出手在面包房的门上敲了好半天，根本没有谁来开门，估计是隔音的。我在门锁旁下意识地画圈圈，刚画了几个圈，面包房竟然自动开了，我一进去，门又自动锁上。

天，这是什么情况？弄得我好像懂密码似的，其实我只是随意画着一个个圈。而且我都不知自己画的是什么样的圈。

进去后，我发现这里面飘着的不仅仅是面包香，还有花香，树香，还有很多说不上的各种香。走进这个面包房不像走进一家店，倒像是走进了一片奇幻森林。因为每一个房间都是一棵粗大的树身，树身上的枝叶便是覆盖房间的屋顶。

“请问……”一个好听的声音传来，我一转身，穿着火红色裙子的松鼠姑娘站在树旁，“你有预约吗？”

“没有。”我摇摇头。“啊，没有预约怎么可以进来？难道你不知道松鼠面包房只接受预约的订单？”松鼠姑娘急了，“不然，秘方泄露……”

有什么秘方？我更好奇了，盯着松鼠姑娘：“我妈妈预订过你们这儿的面包，我刚刚也吃过，就是觉得味道特别好才过来瞧瞧的，我不知道要预约，你们有什么秘方？”

“红裙，你跟谁说话？”这时，从另一间树屋里面走出来一个穿水绿色裙子的松鼠姑娘，一看到我，她和我同时吃惊地张大嘴。

“绿裙，没有预约的客人闯了进来。”红裙松鼠回头应答，“不过，她刚刚尝过我们做的面包。”

“真的？”绿裙松鼠显然对这个消息特别在意，她一下子蹦到我面前，“好吃吗？好吃吧？这可是我和红裙第一次动手做的面包，我们的做法可跟爸爸妈妈那一辈不一样。他们不相信我们能做出好面包，可是我们的作品成功地从他们眼皮底下送出去了，至少外表上他们没有察觉。”

听她兴奋地嚷嚷了半天，我总算厘清了事情的原诿：松鼠爸爸和妈妈从松鼠爷爷奶奶那一辈传过来了做各种面包的独家秘方，这些年来这些面包一直很受欢迎。可是到了红裙绿裙这一代，她们喜欢去松鼠爷爷奶奶那边听故事，做面包，她们觉得所有的秘方都可以有一定的改变，但是爷爷奶奶和爸爸妈妈绝不允许，因为他们一致认为要保留最完美的过去，最完美的过去是需要一丝不苟地保存下来的。

呀，这个想法倒是跟田爷爷一致。不过，这两位松鼠姑娘的想法嘛，跟我倒差不多。想想我刚刚品尝的面包，我确实也是非常喜欢的。其实在保留过去的时候，会有更好的方式出现的。

“你们俩做的面包我太喜欢了。”我赶紧说，“不然怎么会特意来找你们？你们的经典面包是什么口味我还不知道，差别很大吗？会不会田爷爷爱？也不会，田爷爷不喜欢的是你们这个面包房。”

“什么？”红裙和绿裙一起叫起来，“不喜欢我们这个面包房？我们这个面包房一直到现在也只有你进来过，一直都是只接订单，从没人进来的。对了，你怎么能进来？没有预约的都会被锁在外面啊。”

“我画了一个圈，门就开了。”我说，“你们的锁也太不安全了。”

“一个圈？”红裙摇摇头，“跟一个圈是毫无关系的，只跟一粒米有关，一粒黑米。”她拉起我的衣袖看了下：“你今天碰过黑米，衣袖上还粘了一颗黑米粒。我们的门锁是认黑米的，因为这个地方在很久很久以前，是一块黑米稻田。爷爷奶奶都说，这里面产出过最好的黑米。”

我想到刚刚慌里慌张帮田爷爷盛黑米粥时自己是没在意衣袖，粘了黑米也没在意。

“你们也知道这儿最早是一块黑米稻田？”我惊讶极了。

“听爷爷讲过的，最初这边能产最好的黑米，他们常常会捡拾黑稻谷回去磨粉做糕点，还常常会煮各种黑米粥，你没发现过去了这么多年，松鼠面包房送面包时还可以配送各类米粥，其中，最好的粥一直都是黑米粥。”绿裙说着拉我进了一间黑色树皮的屋子，呀，全是黑米粥。松仁黑米，燕麦黑米，红豆黑米……如果田爷爷看到这些，是不是会热泪盈眶？

“给你一碗我做的黑米面条。”红裙过来，熟练地给我装上一碗，“这也是我的新创意。我最近在和绿裙商量做黑米面包，你不知道面包皮中裹了一层黑米饭卷味道也是很好的。就是爸爸妈妈不同意，我们还得私下做。”

“那我来订。就订黑米面包。”一想到田爷爷看到这种面包时的表情，我心里可乐了，忙掏出口袋里的零花钱，“我先订

一周的好了，每天两个。”

“你这么相信我们?”绿裙有点不知道说什么才好，“我们还没做过呢，不要预定。”“我相信你们。”我认真地说，“今天我尝到的面包已经是非常美味的了。关键是田爷爷，那个从来不吃面包的田爷爷，一定会吃黑米面包的，唯一的要求是黑米要尽量软一些，他最近在调理肠胃。”

我走出松鼠面包房的时候，手上多了一本画册，这本画册就是介绍这座面包房的，从一块黑米稻田开始，生长出许多的房间，许多的面包，许多的米汤，粥……

翻看我带去的画册，田爷爷不敢相信：“你说这家店主一直以黑米粒作为商标？他们竟然有黑米面包？还有各种黑米饮品?”

“真的。我帮你预定了哦，你要天天吃两个黑米面包，那可是为你特别制作的。”我对着将信将疑的田爷爷肯定地说。

回到家后，我一脸淡定地告诉妈妈，绝对不吃面包的田爷爷答应吃面包了，只不过换了一种面包，叫“黑裙”面包，这个名字是红裙取的，大概觉得这个面包跟她关系很亲。

“行，行。”妈妈一口答应，只要让田爷爷答应吃面包，换个品种自然没问题，“只不过，田爷爷真的肯吃了？会不会光嘴上答应?”

“小米，你订的面包送来了。”快递员这会儿在门口叫起来。我忙说：“田爷爷家……”“已经送去了，老人家可喜欢了，尝了尝，说还想多要一份。”快递员乐呵呵地说。听到快递员这么说，妈妈也过来拿起面包尝了尝：“跟我买的不是差不多吗？”

哈，是差不多。我心里说，可是对田爷爷来说，差了很多很多……

在面包盒底层，我拿到了第七张百味卡。

10

鼠小妹的阳光奶茶

余阿婆的记性越来越不好了。我走到她屋子帮她打扫院子的时候，她说："阿夏，你帮我数数月季开了几朵？"我走到里屋，扶余阿婆到院子，大声跟她说："阿婆，我是小米，阿夏已经去省城念大学了，月季开了五朵，你已经问了五次了。"

"噢，噢……"余阿婆一个劲儿点头，告诉我她知道了。其实她一会儿就会把我说的全都忘掉。

我给余阿婆搬来一个藤椅，让她在院子里晒太阳，我接着帮她打扫卫生。

"假日小队"活动分工的时候，我主动要求帮助余阿婆。一是因为我家离这边近，二是因为阿夏姐姐每次回来都会特意跑到我家对我说："小米，我不在家的时候，你要多去看看我家阿婆。她记性不好，我怕她想不起事来着急，她着急你要给我打电话。”我点头答应。阿夏是余阿婆收养的孙女，打小就非常懂事，一直是我的榜样，她嘱咐我的事，我当然是记在心上的。只要一有时间，我就会往余阿婆这边跑。

“阿夏，你看到舒小妹了没有？舒小妹不会忘记来收集阳光吧？”余阿婆在太阳下，瞧着一院子的花花草草问，“她每天给送的阳光奶茶味道不错。”

说到阳光奶茶我想起来了，上个月美林街上新开了家奶茶铺子，妈妈回家说那一家奶茶铺可以订购，干脆就天天订一份早餐奶茶，因为订奶茶还配送一个小点心，妈妈就省去做早餐的时间了。我一听忙对妈妈说，给余阿婆订一份啊，余阿婆特别容易忘记吃早餐。妈妈立即订了两份，她说给我订的那份叫“甜蜜奶茶”，给余阿婆订的叫“阳光奶茶”。

“阿婆，你说那奶茶的味道好？”我跑到余阿婆身边，来了兴致，“我觉得也不错，天天配送的点心都不一样，有时是一块夹心饼干，有时是一块小圆饼，还有时是一个小蛋糕……你的呢？你的奶茶都配送些什么？”

“绿叶糕，花瓣饼，果仁巧克力……”这会儿，余阿婆记性一点儿不差，她也觉得总算跟我找到共同语言了，“小米，你长得很像阿夏小时候，也跟她一样乖巧，但是阿夏就不爱奶茶，所以这么多年，我从来没有喝过奶茶，幸好你帮我订了。”

阿夏不爱奶茶？我疑惑地看了看余阿婆。记得有一次我和阿夏一起出门，路过一家奶茶店时，阿夏盯着那些花花绿绿的奶茶说："我的梦想就是将来开一家奶茶铺，天天做出新奶茶，我每样都要喝一杯。"那天，妈妈刚好遇到我们，给我和阿夏各买了一杯奶茶，阿夏闻了又闻，一直舍不得喝，说要带回家慢慢品尝。或许是余阿婆忘记阿夏喝奶茶的事了。

"小米，阿夏说月季花开满十朵她就回来，你仔细看看，今天有没有又冒出一朵来？"余阿婆突然又想到月季花的事了。原来数月季花就是数阿夏回来的时间，我仔细去看了看月季花丛，笑嘻嘻地对阿婆说："没有，不过月季正在使劲儿打花苞，估计很快会有的。"昨晚刚跟阿夏通过电话，她说下周末尽量回来，她在电话里也关心月季开了几朵，这祖孙俩啊，真是有意思。

从余阿婆家离开的时候，我又去月季花丛仔仔细细瞧了瞧，看到两个鼓鼓的花苞，心下也欢欢喜喜起来。一路到家都哼着歌。周末真是好时光啊。

第二天我一到余阿婆的院子就跑去数花，奇怪，还是五朵，昨天那两个花苞明明开了，怎么还是只有五朵？竟然有谁悄悄来摘余阿婆的月季花？我心里不禁愤愤然起来。跑进屋看到阿婆正在缝被子，心情倒是蛮好的。

"小米来啦？"余阿婆看到我，放下手中的活，"来吃块我做的南瓜饼。"说着就到厨房端出一盘金灿灿的南瓜饼来。"谢谢阿婆，"我看到这一盘子太阳般的南瓜饼，拿了一个边咬边问，"今天有谁来看过你？"

"舒小妹来了。聊了好一会儿天。"余阿婆笑呵呵，"她送来的阳光奶茶越来越好了，小米，真谢谢你。如果不是你这份订单，我怎么可能认识这么可爱的小姑娘。"

可爱的小姑娘悄悄摘走了两朵月季花？我脑子里冒出这么一句。她为什么要这么做？是因为太喜欢月季花了？我决定去弄个明白。就告别余阿婆往美林街上走去。

我记得订奶茶的地址是美林街十七号，于是就沿着门牌号找起来，可是找到十六号之后，街道就拐弯了，下一条街上就是十八号，这个十七号在哪里？我从十八号退回来后，东张西望了好久，发现拐角处是一个亭子，赶紧靠近去，果然这里是十七号。

"你好，小米。"亭子里的小姑娘回转身来叫我，仿佛知道我会来。"舒……"我本来想跟着余阿婆叫她舒小妹，一想这个称呼可能不适合我，正收口的当儿，我发现对我调皮微笑的是一只灰鼠姑娘，灰鼠小妹。

老天，余阿婆到底是叫她"舒小妹"，还是"鼠小妹"的？我一时就不能判断了。

"别发愣呀，"鼠小妹倒是对我很熟络的样子，"你是最早订我店里奶茶的人，而且订的两份都是特制奶茶，很费工夫的。你觉得口感如何？"

"很好。"我想到每天早晨起来喝到"甜蜜奶茶"都会让一天的心情甜蜜蜜，忙说，"我还从没喝过更好的奶茶。"

鼠小妹“吱吱吱——”笑起来：“当然没有更好的。说起来，你的奶茶全是从你家屋后的那盆茉莉上收集有茉莉的月光调出来的，你的所以美梦都成为你的调味品，怎么会不好喝？但甜蜜奶茶倒不都是茉莉味的，你的这种味道更醇厚一点儿。”

收集月光？我好奇地瞪大眼睛：“你是不是知道我最喜欢那些茉莉花？”“对的，你下了订单后我去你家附近转悠了好久，最后发现你总是对着那些茉莉笑得欢，就决定在茉莉花丛安了些专门吸月光的小茉莉花苞，这些花苞苞看起来跟普通的茉莉花苞一样，谁也不会在意，我每晚再去取回来做你的甜蜜奶茶。”鼠小妹说着，就拿出三个茉莉花苞给我瞧，真的就是茉莉花苞，香味都一样，但她轻轻扒开花瓣，里面涌出一股细细的汁来，味道清香。

我突然想到了，鼠小妹做余阿婆的奶茶全是看中了她的月季花了，所以她取走的月季花苞原本就是她在月季花丛收集阳光的。

“鼠小妹，你知道余阿婆的故事？”我小声地问。

“本来不知道啊，你下了订单后我当然要去了解一下。”鼠小妹的小眼睛滴溜溜转，“你放心吧，阳光奶茶是调节心情的，最初阿夏离开是让余阿婆心情郁闷了很久，甚至让她觉得她成了一个多余的阿婆，但现在不一样了，阳光奶茶让她的内心也阳光起来，你没发现她这几天又开始绣花缝被了吗？她想着要让阿夏在外面安心上学，要帮她做点手工礼物送同学。还有，她今天做的南瓜饼味道也是很棒的，一点儿也没失水准。”

原来如此。我高兴地跳起来：“鼠小妹，你的奶茶太棒了，我以后要一直订。”“哎……”听我说这个，鼠小妹却尴尬起来，“说起来真不好意思，这个月结束，这个奶茶铺就要关门了，我吧……要回去……结婚……”

“这个……”我一时不知说什么好，结婚是喜事，可奶茶铺关掉再没有月光奶茶和阳光奶茶了，这多不好。

“你不知道，每一个鼠小妹都会有一两个拿手绝活儿得到大家的称赞，我一直是大家认为最不会干活儿的，可我做了奶茶后，大家不这么想了……”鼠小妹扭捏地说，“我一开始心里也没底，你的订单给了我机会。说起来，我挺感谢你的，所以想把你订的单子做得更好。”

“太谢谢你了。”我由衷地说，“我想会有更多人喜欢你的奶茶的，你别离开。”

“小米，小米……”我身后传来辰辰叫我的声音，我跑过去拉着辰辰过来时，鼠小妹不见了，奶茶铺站着一位漂亮姐姐，笑容可掬地问我们想要来点什么。

我和辰辰一人拿了一杯“记忆奶茶”，边喝边逛回去。“辰辰，要是你很喜欢的一样东西，一种味道消失了，你会怎么办？”我问。

“那我会去找，如果找不到，再自己做。”辰辰摇摇奶茶，“你是喜欢上这奶茶了？味道不错。让我想起奶奶做的甜汤。”

我倒是想起了原来和阿夏一起围着余阿婆做茶饼的事儿，因为我感觉这杯“记忆奶茶”里飘出来的味道全是那种花香茶饼的味儿。

等我到家的时候，妈妈说阿夏已经打过好几个电话来了。正说着，电话又响起来，我赶紧跑去接。

“小米，月季花开了几朵了？”阿夏第一句就问。“还是五朵。”我回答。“那，你能不能找几朵月季花，这两天悄悄插在花丛中？我回来的那天，要月季刚好有十朵开着。”阿夏认真地说。

“这个……”我家虽然也有月季花，可是，阿夏这不是让我去骗余阿婆吗？

“算我请求你帮忙。”阿夏在电话那一边轻声软语地说。

“好吧。”我勉强同意了。院里院外的月季零散地开着，找五朵自然不成问题。当然，我最希望的是余阿婆院子里真正开出十朵来。

于是每天放学后，我第一件事是先跑到余阿婆院外，往里数数月季花的朵数，好像真的一天比一天多起来。到周五的时候，我数了一遍又一遍，九朵，已经只差一朵了，我高兴地对余阿婆说：“九朵月季了，阿婆，九朵月季开了。”

“知道啦。”余阿婆在屋里大声回答我，也是一副开心极了的样子，“看来，阿夏就要回来了。”我当然知道阿夏就在回来的路上，想着怎么样把一朵月季悄悄插入她的月季花丛中，她突然想起什么似的说："我要去一趟美林街，你帮我看一下锅上烧着的汤，好了帮我关一下火。"

我赶紧点头，她一离开，我就把怀里那朵月季插进了花丛。

等到我再到门口时，阿夏竟然和余阿婆双双进了院子。"真的有十朵了吗？"余阿婆去月季花丛数花朵，我和阿夏相视而笑。

"阿婆，"阿夏走进屋说，"我来给你做杯月季奶茶。""你会做奶茶？"余阿婆奇怪，"你不是不喜欢……""其实我也挺喜欢奶茶的，但那时有机会买奶茶你从来不肯尝一口，全要给我，我不说不喜欢你怎么会喝。"阿夏笑盈盈地说，"现在呀，我在学校跟同学们一起学会做不同的花奶茶了。"说完，阿夏让我去摘月季花。

"还记得十朵月季的事吗？"阿夏问我，"有一次我们一起问阿婆，我们什么时候才能长大，阿婆指着当时还只有一株月季的院子说，哪天十朵月季一起开了，你们就长大了。"

"你还记得这事？"余阿婆笑起来，"我全忘记了，不过你一说，好像是刚刚发生的事一样……其实，月季花开过就谢了，凑成十朵很不容易，这一丛又没有几株，但是……"

"但是我们长大了。"我和阿夏一起叫起来。

"对的。因为你们长大了。"余阿婆说，"我还以为是舒小妹天天来插的花，看来不是，是你们……真的长大了！"

“阿婆在说我？”院外传来了鼠小妹的声音，我赶紧跑去，却是那个店铺里的漂亮姐姐，她送了三盒奶茶过来，“阿婆订的奶茶，你们慢慢品尝啊，这是最新口味。”

一阵阵奶香从茶中飘出来，阿婆拉我们上桌：“阿夏，小米，这阵子让你们担心了，但我现在真正好了。所以，你们放心地长大，不要为我耽搁太多时间了，我以后也要来学做奶茶。”

“好。”我和阿夏一起鼓掌。我突然想到今天也是这个月的最后一天，那鼠小妹的奶茶铺要关门？我赶紧跟阿夏和阿婆说有件急事要办，匆匆跑向美林街。

那个拐角亭子已经锁上门了，我沮丧极了。“小米，”恍惚间鼠小妹拉着我，“我会回来的，你放心。”我那盒奶茶的底部贴着一个小信封，我精心地收起第八张百味卡。

余阿婆果然又恢复了原来的乐观，阿夏和我也开心起来，我们常常会一起说到奶茶，说到奶茶的时候，我就会跑去美林街的那个拐角看看。

终于有一天，那个拐角的亭子又亮起了灯。

11

鸭小妹的花生糖

清晨，天空又飘起了细雨，树叶上，草叶上全都聚集起亮晶晶的小水珠。远远看去，就像一粒粒细碎的小冰糖。我背着书包，撑着小伞往学校走去。

听说小雨能让人的心情变得很好，能洗去浮躁的情绪。我看到那些沾满灰尘的石块被雨滴一点儿点刷洗得洁净，好像自己的心境也被这么清洗了一下，轻松起来。

“小米，等等我。”倪亚在另一条路上看到我，急急地冲我挥手。

“你的星星伞真漂亮。”我发现倪亚换了一把新雨伞，上面都是小星星图案，可有特色了。

“就是为这伞的事来找你商量。”倪亚跑过来，跟我一起往学校走，“昨天不是也下过雨吗？因为我爷爷要出远门，爸爸给爷爷订了一包他爱吃的花生糖，我去鸭太太花生糖店拿货，结果从店里出来雨停了，回到家发现居然拿错了伞，本想今天去换回来，但今天下午我要去补习班，麻烦你去换吧。”

拿错了伞？这时，我和倪亚已经进了校园的长廊，我们一起把伞收了起来。倪亚手中的星星伞一收起来，就是一把普通的小黑伞，跟她原来那一把果然是分不出彼此。“现在你知道我为什么会拿错了吧？到家后如果不是想起来要晾一下伞，我根本不会认为自己拿错了。一打开来，这星星图案就跳出来了。”倪亚说完，把伞塞到我手里，“麻烦你啦，谁让你回去刚好路过花生糖店呢。”

接过星星伞，我笑了：“小事一桩。”

“为了谢谢你，”倪亚从书包里掏出一个漂亮袋子，“昨天我爷爷走时忘记拿这包糖了，妈妈说归我了，你知道，我可不爱吃这个，给你。”

居然有这么好的事？我看那淡绿袋子包装着的花生糖，实在意外。要知道，鸭太太家的手工花生糖每天都是一种口味一包，唯有淡绿色包装袋子里的是随机口味的，每一颗都是不同味道哩，一天只有一袋这种包装的出售。

现在，这么难得的花生糖到了我手里！我赶紧把糖放进了书包。

一进教室，我们就听到同学们在议论今天要 800 米长跑的事。

“下雨可能不跑了吧。”我对倪亚说。“但是天气预报显示下午雨停了呀。”倪亚也不喜欢长跑，她说，“你也知道的，躲过了初一，躲不了十五。这 800 米长跑的测试，谁也逃不过的呀。”听到倪亚这么说，我的好心情一下子没了，这 800 米测试的事就像一块石头，压在我心里。上次预测的时候，我跑得很不理想，离及格线还差了一截呢。这一阵子，我倒是天天在练习，但是总感觉进步不大，实在没有什么信心。

“别太担心。”倪亚看到我的神情安慰我，“你这阵子练习这么认真，肯定可以及格了，原本上次你也可以冲过去的，就是和你一起跑的林真跑得太快，你后来放弃了去追她。”

说起林真，我就更烦恼了，我们俩的学号在一起，每次长跑我们都是同时测试的。每次跑前，她都跟我说：“你要追我，一定要努力追。”我听到后总是对她翻白眼，她可是长跑健将，她每次都参加运动会的，就算不是冠军，也总是可以拿名次。明知道我追不上她，还总是对我说要追她，这不是明摆着奚落我？虽然我听不到她奚落的语气，但心里还是别扭。就冷冷地说：“那你慢点啊，你慢点我才能追上。”她立即摇头：“不行，我怎么可以慢……”那次话没说完，发令枪就响了，林真如箭一般冲了出去，我什么也想不了，只能在后面使劲地追。可是，再怎么努力也没用，林真离我越来越远，越来越远，远到让我觉得无论如何也接近不了她，就索性不管她，慢慢跑自己的。

想想倪亚说的对，每次一圈 300 米跑完后，我就失去了斗志，我跟林真原本挺好的友情因为这一次次无法缩短的距离也越来越淡了，我现在都尽量不跟她说话。她站在我面前的时候，我就能联想到我在跑道上的那种绝望。

最近这个月，我每天一大早起来练习长跑。我肯坚持这么枯燥的长跑，那是因为我发现不是我一个人努力，有个戴鸭舌帽的同学天天早上也在我前面练习长跑，所以我每天这么努力地跑啊跑啊，就想跟那个戴鸭舌帽的同学比一比，谁能坚持得更久。我也想知道她是谁，不过，每次都差那么点儿要追上她时，她又溜了。不过因为有人天天和自己一起往前进，感觉还是很不错，所以我对天天的晨跑竟然还有些期待，甚至都忘记了自己一开始的目的。

雨果然停了，中午的时候，校园里面阳光灿烂，我的心里阴云密布。

"告诉你一个秘诀，"倪亚跑到我身边，"实在太巧了，你知道吗？听说长跑前补充一点儿能量，比如吃块巧克力啊，吃颗糖啊，长跑起来会轻松很多的。"

你只是嘴馋吧？倪亚这个建议并不能让我轻松一点儿。我不说话。

"真的啊。我都打听到了，林真每次跑前都要补充一点儿能量，不然她哪能跑那么快。"倪亚一脸的神秘。

真的？我有点疑惑地瞧了瞧倪亚十分笃定的笑容。

“我也要巧克力!”这时，我的前桌和后桌竟然也在分巧克力，原来，为了今天跑 800 米，大家都在准备着。

“你刚好有花生糖。”倪亚笑，“那个花生糖的能量据说是更高的。”

这么一说，我的紧张感真的缓解了不少，我摸了摸书包里的那包花生糖，嘴角不由得微微上扬。

第一节课下课后，我赶紧往嘴巴里塞了块花生糖，三下两下嚼了下肚。然后往操场上跑去，别说，还真的感觉脚下生风。或许是心理作用。

“你要使劲地追我哦。”林真又一次跟我站在同一个起跑线上，又一次跟我说同样的话。我居然不排斥了，点点头说：“好，我使劲地追。”这仿佛是我第一次接受挑战的样子，林真笑起来，眼睛都笑成一条线了。

“预备——砰——”发令枪响，我还是比林真慢了一拍，她冲出去的时候，我愣了一下，然后赶紧追，今天离林真的距离不是很远，我慢慢地向她靠近，跑道外的倪亚激动地叫：“小米，不错哦，加油!”难得我能在跑道上这么清晰地听到加油声音，我顿时觉得双腿的力量更足了，加快步伐冲起来，我与林真几乎并肩了。

调整好呼吸后，我尽量让自己的脚步跟上林真的脚步，我觉得从来没有这样跟林真并肩前进的感觉，我想到了小时候，林真和我一起上街，她走得快，我落在后面，急急地叫她等

我，她总是说，“我不在前面快快走，你会更慢”；我也想到了和林真一起去郊游时，她总是跟在我身后，我笑她不敢在前面探路，她说是怕我丢了，丢在野外可危险了；我还想到和林真一起坐火车去看望实习老师，她拉着我，不让我离开半步……那些我和林真在一起的画面在我的脑海里此起彼伏，我抬眼看一下不远处的林真，觉得脚下又充满力量。这一次，林真一直离我不远，我不知道是她退步了还是我进步了，我突然为之前对林真的态度感到羞愧，冲过终点的时候，倪亚跑上来拥抱我：“小米，及格了，超过及格线不少呢，哈，花生糖……魔力花生糖！”

我高兴极了，因为倪亚说林真的成绩没有退步。这么说来真是花生糖的功劳，只是我到底吃了什么口味的花生糖，一点儿也想不起来。

所以，放学后我往鸭太太花生糖店走的时候，一直在纠结的就是我到底吃了哪种口味的花生糖，所有花生糖的糖纸都一样，我找不到线索。

“您好。”我走进店里，看到戴了黄帽子的店员，想询问一下什么口味的花生糖能对长跑有帮助，这时看到一只黄鸭子摇摆着向我走过来，她一把拿过我手里的花生糖袋子，叫起来：“原来昨天是你拿错了糖，老天，我都要急疯了。”

拿错了？我一头雾水：“不可能啊，这是倪亚买的，拿错的是伞，不是糖。”

"拿错的是糖不是伞。"黄鸭子认真地纠正。

"是伞不是糖。"我再一次强调。

"是糖。"黄鸭子显然生气了。

"是伞。"我也叫起来，这鸭子怎么蛮不讲理？我突然想到了一个词，叫"鸡同鸭讲"，意思就是没法讲理的。可是，难道我是一只鸡吗？我不是。

"好了，鸭小妹，你别添乱了。"黄帽子的店员走过来，呀，她是鸭太太，她摇摆着身子走到我们身边，把我们隔开，想了想，才对我说，"昨天，你说的那个倪亚来买一袋给爷爷的花生糖，结果付完款后，拿走的那袋是鸭小妹给另一个客户做的，因为鸭小妹当时没有包装袋了，就过来随便拿了一个。然后两袋子花生糖放一起，倪亚随手拿走的，是鸭小妹的杰作。"

"噢。"我想了想，觉得这也很正常，"倪亚是粗心了，伞也弄错了，我就是来换一下伞的。"

"伞真的没错。"鸭太太继续解释，"因为鸭小妹做的是一种优点糖，就是把每一个优点做成一颗花生糖，那些优点是会闪光的，有多少优点就可能有多少闪亮亮的星在她身边的事物上闪，她拿着伞，伞上就闪光了。花生糖吃完了，就没有星星闪了。"

居然有优点糖？闪闪发光的优点糖？对了……我竟然吃了一颗。

我不好意思地看了鸭小妹一眼："我不知道倪亚弄错了，所以这袋子糖我吃了一颗，哎，说来神奇，我吃了一颗这种糖，居然跑步跑得很快……"

"没道理啊。"鸭小妹赶紧打开包装袋子，拿出糖来闻了闻，"我做的这种优点糖，一定要到有优点的主人身上才能有长出劲头的效果，你又不是有优点的主人，怎么可能对你有效。这糖果明明是那个林真订的……"

林真？想到今天我和她一起奔跑的情景，我忙说："林真什么时候订这个？""你也认识林真？"鸭太太突然想到了什么，"林真今天急急地跑来拿货，我们告诉她货丢了，她可失望了，因为她是说好用她的宝贝鸭舌帽换的。鸭小妹不接订单的，就是看中了林真的鸭舌帽才做了这袋子糖。早上，林真把鸭舌帽拿来的时候，鸭小妹不能拿，伤心透了……"

鸭小妹狠狠地瞪我，心里肯定在说："都是你，都是你！"

但是，我听到"鸭舌帽"却一下子想到了天天早上跟我一起长跑的那个身影，好像真的有点像林真的身影，只不过，这个"鸭舌帽"一直穿的是另一套运动服，我才从没这样联想。但是，那跑步的姿势我一直觉得在哪儿见到过，不就是林真跑起来的样子吗？

"我帮你跟林真解释。"我对鸭小妹说，"我给她这袋糖果，让她把帽子给你。""真的？"鸭小妹跳起来，"林真写了莫小米九个优点，我做了十颗糖，就是留一颗是她吃的。你告诉她，你吃了一颗也没事。”

什么？林真订的是我的优点糖？我一下傻了——林真是为我订的？我吃了一颗，果然跑快了？效果只有在优点主人身上显现。所有的这一切不都解释通了吗？

“这是倪亚的那包糖。那包花生糖是故事糖。说是她爷爷出门孤单，让他尝一颗想到一个故事。”鸭太太把另一袋淡绿包装的花生糖递给我，“这次不要弄错了。”

我小心地收好两包糖，用笔做了记号。先一路跑到倪亚的补习班，把伞给她，还把糖给她，让她快递给她爷爷，因为鸭太太说了，一定要她爷爷品尝。然后，我就往林真家去，已经好久没去林真家了。我敲开门时，林真吃了一惊，看到我拿出的花生糖，她笑了：“小米，前一阵，我去鸭太太的店时，一个店家小妹说只要我把帽子给她，她可以做出一种让人充满信心和力量的花生糖。我当时就知道她是闹着玩的，但那个小妹很可爱，所以我就答应了。谁知道我真去拿时，她说那袋子糖丢了。”

“你订的花生糖找到了。”我忙把糖递过去，“鸭太太告诉我了，这袋子糖找到了，你尝尝。”

“啊？”林真一惊，又不在意地说，“现在也没有用啦，我本来想看看是不是真的能帮助你跑长跑的，现在，你不吃也一样成功了。”

“我吃了的。”我说，“真的很有用。”

“好吧，如果你这么认为的话，”林真收下花生糖，“我们一起吃吧，晚点我送帽子给那个小姑娘。我本来也不再需要那顶帽子了。”

呵，我心里也跟明镜似的。我们一起嚼着香甜的花生糖，说着长跑的感受，我们的心似乎像花生和糖一样粘在一起了。

而我在花生糖包装袋子里，收到的第九张百味卡让我激动起来——我现在收集百味卡已经越来越顺利了。

12

黑熊饭团

早上，我一起床就闻到了糯米香。

“快来，尝尝黑熊饭团。”爸爸把一个漂亮的，画着黑熊头像的包装盒递过来，阵阵暖香袭来，我赶紧打开，果然是“黑熊”饭团，整个饭团是一头小黑熊的样子，这是黑糯米饭团，黑熊饭团的眼睛是花生，嘴巴是樱桃，衣兜上还洒满了松仁，衣裙图案也很别致……我简直舍不得下口。

“快吃吧，这可是新产品。”爸爸催我，“早餐时间不多，你马上要上学了。对了，广告语上说，黑熊饭团，暖心饭团，能让你一早上心情棒棒。”

一看时间，我吃了一惊，三下两下把饭团咽下肚，没有细听爸爸的话。饭团的味道是真的不错，至于其他的广告语，我没太在意。

吃完早餐，我背起书包准备离开的时候，突然想到昨晚妈妈睡觉前说她的伞坏了，撑起来很费力。就悄悄把自己的新伞换到妈妈的手提包里面，把她的那把伞换过来。顺便把我的榛仁巧克力放了两块在她的手提包里。因为刚刚的黑熊饭团上有一幅熊妈妈给熊娃娃打伞的画面特别温馨，让我想到我最近对妈妈的态度好像坏了许多，因为学校作业多起来，难度也加大，我感到时间不够用，很是烦躁。

做完了这些，我撑起那把难撑的伞，心情却异常好。一路上，花儿微微对我点头，草儿一起向我弯腰，我走得也飞快。

“啪——”我听到有什么声音在背后响，转身一看，是阿迪不小心踩到水塘摔了，赶紧转身跑过去，边拉起他边说，“你没事吧？幸好你穿了雨衣，没把自己摔脏。”阿迪看看我，脸红红的。我以为他摔疼了，忙安慰他：“不要紧的，你刚刚那一跤摔得不重，上次我摔跟头可惨了，还磕到牙了。”说着，我咧开嘴，让他看自己缺了一个小小角的破牙。

“对不起……”阿迪突然冒出来一声道歉，“上次你摔的时候，我远远看到了，想跑过来扶你的，但是一想到你的火暴脾气，就没敢过来，你……今天好像一点儿没脾气……”

什么？我一愣，阿迪这话题转换得太快，我还没来得及调整思路：这么说，上次我摔跤的时候，不是没人看到？我还恨恨地想着怎么就摔得那么不巧，也没有个人可以倾诉一下。还有，我的脾气已经让人家不敢靠近了？以至于我今天的温顺变得不可思议，让摔疼的阿迪顾不上疼痛？

和阿迪一起往学校去的时候，我忍不住问：“我最近脾气真的很坏？”“嗯……”阿迪看看我的脸色，“今天又变回好脾气的小米了，我也很好奇——哎，发生了什么神奇的事儿？”

神奇的事儿？哪有啊。

这时候，一辆车停在我和阿迪身边，是妈妈，她探出身子对我说：“小米，谢谢你换了我的伞，你突然变得这么贴心，我太意外了。”

妈妈上班的路不是这一条，她特意开过来就是想跟我说这句话，我心里暖融融的，跟妈妈挥挥手：“妈妈再见。”

“你看，你妈妈都说了，你是突然变了。”阿迪这会儿像是完全放松下来，对我笑嘻嘻，“告诉我吧，能有什么秘方让人的脾气变好了？”

“真的没有啦。”我摇头。

“你今天早上起床到现在，没有发生过一点儿不同于往常的事？说实话，昨天你还扯着嗓子冲我嚷嚷作业上的一个问题……”阿迪现在倒真急了，急得说出了真话，“你就是早上突然变的。”

早上？我一样地起床，一样地洗漱，一样的早餐……不对，早餐不一样，今天早餐爸爸换了花样，吃的是黑熊饭团。对，一种极好吃的饭团，也是极好看的饭团，也是极特别的饭团……慢着，这种饭团还有一句广告语“黑熊饭团，暖心饭团，能让你一早上心情棒棒！”就是这个饭团带来的变化，暖心暖意的变化！

“黑熊饭团！”我拉着阿迪跳了起来，“就是那个黑熊饭团带来的变化。”“你就是不肯说真话，一个饭团怎么可能带来奇妙的变化。”阿迪叹口气，跟着我迈进了校园，上课铃响了起来，也由不得我们再讨论什么了，我们都迅速地走进教室。

这一天，我的心情果然是非常好的，作业居然全对了，跟同学之间也特友好。我心里越发相信那个饭团的魔力，快要放学的时候，我心想：去瞧瞧那个黑熊饭团店吧，既然有早餐饭团，也会有点心饭团，晚餐饭团……

记得爸爸说那个饭团是在青果街上的一个特色小店买的，我放学回家就从青果街走好了。“阿迪，要不，你跟我一起去找找黑熊饭团？”我邀请阿迪。“我不去，饭团什么的我最不喜欢了。”阿迪逃也似地先溜了，他压根儿不相信饭团里面有什么魔力。

独自走在青果街上的时候，我仔仔细细打量街两旁的店铺，但是从街头走到巷尾，还是没有看到什么“黑熊饭团”的招牌。我只好转身，往回再走一遍，依然没有。难道爸爸记错了？我快快不乐地准备回家。一不留神，撞到了前面匆匆忙忙跑来的一个身影。

“对不起，对不起，对不起，”那个身影一个劲儿地对我道歉，“我一急就没注意到前面，我实在来不及了……”

“没关系，”我说，“我自己也没当心，我正想找黑熊……”

“你在找我?”那个身影转过身来，居然真的是一头黑熊，他居然还戴着眼镜，“你为什么找我?”

我傻傻地愣在了原地：“我……我是找……黑熊饭团……”

“那你跟我来。”黑熊居然明白我的意思了，他疾步往街道的一个小巷子里走，我赶紧跟上，怪不得刚刚没找到，原来这个招牌在街拐角的巷子里面，还没走近，浓浓的香味就飘到了鼻子里，我一阵狂喜：终于找到了！

一进店铺，黑熊就忙碌起来，雾气缭绕的厨房间里都是已经蒸好的饭团。黑熊一进厨房间就关上门没出来，我被晾在外面的小店中，本来还略有些尴尬，但很快就被四周各种饭团的图案吸引了过去。那些饭团的图案非常精美，每一种饭团的说明更加叫人吃惊。比如“好心情饭团”，是用不同的同心圆拼成黑熊的样子，每一个同心圆上有一些图案，那些图案仿佛拼出一个小故事；比如说“妈妈宝宝饭团”，就是大黑熊抱着小黑熊的饭团，两只黑熊的眼睛里似乎有秘密；比如那种“开心饭团”就是有很多开心果镶嵌在黑熊衣裙之上，每粒开心果上都刻着一个字，这些字按不同的顺序念就是不同的句子；又有“丢丢饭团”，饭团的说明是丢丢黑熊丢烦恼……

“请问，您需要什么饭团?”我正在全神贯注地看着各种饭团的简介，冷不防身后传来一个声音。我一看，原来是个小姑娘，她穿着可爱的店员服，非常有礼貌地询问着。

“这里的饭团都是预定的吗?”我指着玻璃柜问，“刚刚黑熊先生……”

“黑熊先生带回来的顾客可以加急赶做的。”小姑娘说，“你还是他带回小店的第一位顾客。可以说一下你对饭团的期待。”

期待?我当然希望口感好，样式美，吃完后大家都夸赞。我心里这么想着，刚要说，小姑娘就像猜到了我的心思一样：“不是对饭团本身口味的期待，就是你希望改变的一些东西……”说完，她拿过一只小气球：“你把想法对着小气球说，把鼓起来的气球给我，我就可以直接处理到黑熊饭团中了。”

居然有这样神奇的事。我接过气球，对着气球说话的时候，发现声音被气球全吸了进去，自己的耳朵都没有听到，小姑娘更是不知道了，我们都看到小气球鼓了起来。她接过小气球系好，送进了后院。我瞧瞧紧闭的厨房间的门，黑熊先生似乎根本没有出来的意思。没多会儿，小姑娘已经回到店中。

这时候，店里的顾客多了起来，小姑娘一一把顾客预定的饭团打好包，分发给不同的顾客，大家都笑眯眯地夸小姑娘能干。我没什么事，就在一旁帮她打下手，她装盒，我装袋，配合得越来越默契。

“这种饭团孩子特别喜欢。”有位奶奶说，“他看到就眼睛

闪光。吃过饭团嘴巴就特别甜，说我这个是甜嘴巴饭团。他居然能猜到我买的甜嘴巴饭团，我不就是希望他嘴巴甜点，对人亲近点嘛……”

“我订的是安静饭团。”一位爷爷说，“我那个孙子叽叽喳喳，天天吵得我不得安宁，让他吃了一个安静饭团，果然话少了。”

若是平时听到这样奇怪的言论，我肯定觉得这是老人家的臆测，但现在我全信了。只是，这样的饭团怎么做出来的呢？黑熊先生哪来的这种魔法，能采访一下他就好了，有魔力的黑熊先生。

终于最后一个顾客离开，我和小姑娘闲下来，她高兴地说：“多亏有你，不然，要一直忙到天黑。对啦，你订的饭团或许可以开始做了，我去看一下配料长出来没。”

配料需要立即长出来？我好奇地跟着小姑娘往后院跑。天呐，我一跑进后院就惊呆了，后院里居然全是玻璃房。玻璃房里有无数玻璃瓶子，那些玻璃瓶子都很漂亮，瓶口都有一个小标签，小姑娘看到那个标签上写着我的名字“小米”。

“这就是你刚刚的愿望生长出来的小花。”小姑娘拿出那个玻璃瓶里的淡蓝小花说，“这个就是今天你的黑熊饭团的配料了，你去店里再坐十五分钟，黑熊先生会把这个配料加在已经做好的饭团里，很快的。”

看到这琳琅满目的玻璃瓶里长出来的“愿望花”“愿望叶”

“愿望果”……我真不想离开。“你快回店里，这个地方是秘密花园，旁人是不能进来的。”小姑娘急急地把我拉走，然后她进了厨房。

没等多久，厨房里就出来了两个身影，一个是小姑娘，另一个却不是黑熊，只是长得跟黑熊身材差不多的一位叔叔，戴着跟黑熊一模一样的眼镜。

“要不要看一下黑熊先生为你做的饭团？”小姑娘欢欢喜喜跑上来，“介绍一下吧，这位黑熊先生就是我爸爸。”

不是，我抬头看叔叔，明明我最初看到的是一头黑熊，现在怎么是一位叔叔？“我一开始看到的不是……”

“一开始是我不当心撞了你一下，”叔叔温和地解释，“你被撞得头晕，估计是看花眼了。我女儿最喜欢叫我黑熊先生，她说我长得跟黑熊似的，所以我开这个饭团店时，我们俩一致想到叫黑熊饭团店。”

真的是我看错了？我听着这合情合理的解释，的确有点怀疑我那时的状态。“那叔叔，你怎么想到培育愿望来做配料的？”我赶紧把这个积在心里的问题说出来。

“你不觉得每个人都想改变现状？”叔叔对我笑，“你也一定知道心之所愿，心想事成，当心中有了想法，行动上可能就缺一点儿助推的力量。”

“黑熊饭团就是这一点儿力量。”小姑娘笑着接下去，“你订的饭团快拿去，爸爸说你帮我做了这么长时间义工，就不收费了。”

“这不行。”我赶紧掏出钱包，把钱放在了他们的收款盒子里。“谢谢啦，我太想知道爸爸妈妈吃了这饭团后的反应了。”说完，我挥手跟他们告别，飞快地往家跑。跑的时候，我发现我手里多了一个信封。

是百味卡？我赶紧打开来。这一次却是一张纸条：“小米，我知道你希望这是一张百味卡，本来我也是有百味卡赠送的，可是，我一时找不着了。但是如果你到千果城，一定要来尝尝黑熊饭团呀。”

说真话，读完纸条我一点儿也没失望。我觉得这纸条和百味卡一样让我觉得温暖，让我觉得美好。我赶紧快速往家跑。

看到热腾腾的饭团，爸爸妈妈先是吃了一惊，然后都拿了自己那份去吃了。一边吃一边点头夸赞味道。我在一旁倒紧张起来，心怦怦怦地跳。爸爸妈妈昨天不知为什么吵了起来，一直你不理我，我不理你的，这会儿倒是看不出闹别扭的样子。

吃着吃着，爸爸突然对妈妈说：“你说我不会给小米做早餐，我给她选的黑熊饭团她多喜欢，还买来给你吃了。”妈妈说：“这个饭团倒像你原来在老街给我买的。”“确实差不多，我买的时候就想到你那么喜欢暖沙馅，你女儿也会喜欢，就买了。”爸爸脸上笑意满满。

我心里乐开了，蹦跳着去厨房端妈妈做好的晚餐，我在小气球里说的愿望就是希望得到和好饭团，一点儿没错，爸爸妈妈现在和好了。

嘿嘿，所以你们知道了，到千果城去的时候，光顾一下“黑熊饭团店”吧，从那里，你会得到一些奇妙的力量，真的噢。

13

熊阿伯的薯球

很久没有去过银杏街了。今天放学我走到街口，快活地往银杏街的巷子里走，这里的一切都和记忆中不大一样了。银杏树似乎没有从前高大，银杏叶也不像以前那样神奇。或许，只是因为我和以前不一样了。

昨晚妈妈突然心血来潮地对我说：“小米，你想吃薯球吗?”“想啊。”我立即回答。

说起吃薯球，好像还是七八岁的时候，妈妈跟米樱小姨带我去银杏街吃过一次。听说，那个薯球是米樱小姨的最爱，那一次，她一个人吃了一大盘，把我和妈妈看得目瞪口呆。后来，米樱小姨就出国了。这个米樱小姨自从去了英国，跟我们的联系就非常少了，但是她每年雷打不动地寄回来一大包茉莉，从来没忘记过。妈妈说那是她培植的新产品，她现在可是一个花店的老板，最喜欢的就是培育新品种茉莉。

我们和米樱小姨这几年不见，妈妈也没有再提起过吃什么薯球，她对这类食品也一直没什么特别嗜好。这次她这么提起，难道是……我狐疑地看着妈妈，她拆开一个巨大的包裹，我光看包装都猜到那是米樱小姨寄来的茉莉。

果然，妈妈接着说："你米樱小姨要从英国回来一趟，说想念银杏街的薯球了。要不你明天放学路过银杏街时，进去瞧一下，那个老店现在接受预定吗？网上没查到呢。""好。"我一口答应，去寻访好吃的，总是一件十分愉快的事。

记得那家薯球小店在巷子里挺醒目的，厨师喜欢顶着非常高的帽子，摇头晃脑地把一个个圆鼓鼓的薯球从油锅里捞出来，撒上他配的不同佐料，再端着堆成各种图案的薯球往不同的餐桌上送，一边送一边还会喊："花瓣薯球，七号桌。蘑菇薯球，十一号桌……"那堆成花瓣的一盘子薯球就到了七号桌的小女孩面前，而堆成蘑菇状的一盘子薯球就到了十一号桌的男士面前。

自从我走进巷子，关于薯球的记忆就如同瞬间苏醒了一般，那些画面和片段就一点儿一点儿地在脑海里上演。奇怪，之前我怎么忘得那么干净呢。

甚至米樱小姨的样子也越来越清晰起来，她扎着两根辫子，一笑起来眼睛就眯成了一条线，脸上两个酒窝深深的，盛满了欢笑。她虽然是妈妈的小表妹，比我高一辈分，但看起来就跟我姐姐差不多，总是喜欢对我说："小米你要慢点长大，因为一长大就会失去好多乐趣。""那不长大的乐趣在哪里？"我曾经很急地追问。

"你可以遇见很多别人无法遇见的东西。"米樱小姨小声地凑到我的耳旁说，"那些东西会让你感觉到世界太神奇……"

说起来，米樱小姨离开的这些年，我确确实实遇到了许多人，特别是大人们无法遇见的事物，每次遇见的时候，我也真正感觉到这世界的神奇与美妙。看来，在米樱小姨离开之前，也曾如我一样吧。

"请问，你想要什么口味的薯球？"一个清脆的嗓音打断了我的思路。我抬头一瞧，面前是一位小哥哥模样的营业员正在电脑前记录着订单。

"米兰茉莉味。"我脱口而出，这就是米樱小姨走前点的那一种口味，我也是在这一瞬间想起来的。

"啪——"打订单的小哥哥似乎被我惊住了，他仔细地打量了我一下，小心翼翼地问，"你能……换一种口味吗？""这种味道的没有了？"我有点失望，"那我可以预定吗？后天下午，可以给我留一份吗？"

"那……你有预定单吗？"小哥哥犹豫了一下，又问。

"预定单不是应当你打给我吗？"我奇怪地反问。

"不是这个意思……"小哥哥一副凌乱的样子让我想笑，我认真地说，"后天下午我预定一份米兰茉莉味薯球，其他口味我就到了再点，需要付定金吗？对了，我现在要一份梅子味的。”说完，我掏出钱放在柜台。

小哥哥赶紧给我打包了一份梅子味的薯球，收了钱后说：“你预定的这个我要去问一下爸爸，不一定能满足要求，请见谅，那种口味的调料爸爸说要下个月才能交给我。如果爸爸亲自来店里，那才可能……”

那种口味还是他们家的秘方？我一下子明白过来：“好的，希望那天我的运气好。”

一路吃着脆香的薯球，琢磨着店员小哥的话，我觉得这家店还真有意思。

“请等一下。”我刚走到银杏街最后一棵银杏树下，一个声音在树后面响起。我抬眼找去，粗大的树干后面，露出来的是一头黑熊的影子，是一头黑熊在对我说话？

“是这样的，”那头黑熊有点不安地从树身后走到我面前，“我刚刚忘记问了，你怎么知道米兰茉莉味的薯球？这种味道我爸爸说他只做过一次，而且他要五年后再做第二次。”

一次？难道就是我们和米樱小姨聚会的那一次？可是那次小姨说那个味道是她的最爱，不像是第一次吃的样子啊。还有，这家薯球小店是黑熊家的？我的脑子里开始转几个问题，不知是先提问还是先回答黑熊。

“要不，你跟我去一趟爸爸家，很近的。”黑熊见我理不清思路，对我打开了他身后那棵银杏树的树门，“走吧，也许你和爸爸之间有约定。你是这几年来第一个提到米兰茉莉这几个字的顾客，我爸爸几乎每天都要问有没有客人点米兰茉莉味薯球。对了，我叫阿黑。”

跟着阿黑穿过了一个个木门开启出来的隧洞，我来到了一个明晃晃的大院子里。这个院子好香，四周都种满了花，其中就有米兰，开得很好的米兰。熊爸爸正在水池边清洗着堆成了小山的马铃薯。

“爸爸，你瞧，我带来了第一个预定米兰茉莉味薯球的顾客。”阿黑对熊爸爸嚷嚷起来。一听这话，熊爸爸忙放下手中的活，转身来到我身边，他说：“你是樱姑娘，对吧？你说过要给我带回来新的茉莉花种子的，你说我做的那种米兰茉莉味的薯球一定要等你带回来新的茉莉再做，你瞧瞧，我的米兰已经种满了园子，原来的茉莉也一直在开放，但我再没调配米兰茉莉的香料，就在等你的新茉莉呢……”

熊爸爸叫我樱姑娘？他的眼睛？

“爸爸的眼睛看不清了。”阿黑跟我悄悄解释，“但是他知道每一种口味的薯球的做法，他到小店不用眼睛也能把薯球做到最好看，最好吃。”

樱姑娘就是米樱小姨，我一下子有了判断。她当时跟熊爸爸这么说的时候，肯定也是很认真的，米樱小姨一直都最喜欢种茉莉，她在国内的时候就在阳台上种满了茉莉，这几年过去，她长大了，可能忘记了这个跟熊爸爸的约定，却从来没有

忘记过培植新的茉莉，她年年寄来的茉莉花都让我们惊叹。

想到这里，我对熊爸爸说：“那个，那个新茉莉……我明天送给阿黑……”“你果然记得。”熊爸爸笑起来，“我说过，我会等你五年，如果五年还没有新茉莉送来，我就依然做原来的米兰茉莉味，你还真赶在了五年前。我的爷爷对我说，人类的孩子一长大就全忘记了小时候遇到我们的故事，樱姑娘早就不记得有过关于茉莉的约定了，我没必要为一句话真等五年，看来我爷爷错了。你还记得我给你的预定单吗？那是一枚画了一头熊，还有一朵米兰和一朵茉莉花的小书签。你说过会拿着来店里的，我一直让阿黑留意。”

“这个……”我有点慌张，“等我回去找一下，我先回去啦。”“我跟你一起回去，我刚好可以把茉莉取来，那样，今天爸爸就能配制米兰茉莉味的香料，后天才能让你品尝到你预定口味的薯球。”阿黑是非常敬业的小厨师，把一切都规划好了。

我们告别熊爸爸，飞快地往我家跑。“你不是樱姑娘对吧？但你认识樱姑娘。”路上，阿黑跟我说，“我知道你想让熊爸爸开心，这也是我想的。所以，谢谢你。”“是的，我叫小米，樱姑娘是我小姨。”我诚实地说，“我小姨曾经说过，她没长大时遇到过很美好的事，我想她指的就是遇到你爸爸这件事。你爸爸在等她的茉莉她可能不记得了，但她年年在给我们寄茉莉，而且她还记得要到你们店里吃薯球，真的。”

拿到我给的一大捧茉莉，阿黑迅速地离开了。妈妈回家后发现茉莉不见了，我说好朋友来玩，要走了。妈妈说：“那你跟米樱小姨解释一下。她的 QQ 号夹在她给你的那本书里。”

我正要找米樱小姨，忙把她寄来的书打开，一枚书签映入我的眼帘——画了一头熊，还有一朵米兰和一朵茉莉花。天呐，我想到了熊爸爸说的预定单。我在书签上找到了 QQ，忙登录上去找小姨。

“米樱小姨，书收到了，谢谢你。”我在这头打字。

“不谢。”米樱小姨回得很快。

“那个书签是你画的？”我问得有点紧张。

“是啊。我画了好多这样的书签。有一天我发现小时候画过这样一枚书签，觉得太好看了，后来自己就做了很多个，每次寄书给别人都会在中间夹一枚。”米樱小姨回答。

“米樱小姨，你喜欢黑熊吗？”我突然转移话题。

“喜欢。我画的就是黑熊。嘿嘿。”米樱小姨还加了一个笑脸。

“你的茉莉我送给了一个喜欢黑熊的人。那个人种了很多米兰，一直想要找特别好的茉莉……”我想了想说。

“噢。我要出去一下。很快我就回国了，我们见面再说啊。”看来米樱小姨那边有事，她匆匆下线了。

好在我已经把要说的事都说了。拿着那枚书签，我想了很多很多……几年前，米樱小姨跟我这么大时，跟熊爸爸一起画过画，一起种过花，一起捉迷藏，还一起做薯球。而且，熊爸爸把自己最喜欢的米兰花和米樱小姨最喜欢的茉莉花放在一起调配成一种特别的佐料。那个时候的小姨是不是也像现在的我一样，觉得这种佐料是一种友情的见证，要让这味道更好，所以说要给熊爸爸更好的茉莉来调配。只是，离开了这片土地，离开了亲朋好友的米樱小姨，淡忘了童年，熊爸爸的影子也消失了……

我提起画笔，画熊爸爸，画阿黑，画那满是米兰茉莉的院子，画一个个薯球。

这两天的时间，我就在画一头小熊和一个小姑娘的故事，那是熊爸爸和米樱的故事。

"小米，小姨来了，你快出来。"这个清晨，我还没起床的时候，妈妈在外面就叫起来。我一跳起来，赶紧冲出房间。一个长得高高瘦瘦的姑娘就出现在我眼前："米樱小姨!"

"小米，你长这么大了!"米樱小姨笑起来，随我进屋，"有没有想我?"

"当然想，我还想到了你小时候的事。"我把画好的画册送上去，"你瞧瞧这里面画的小姑娘像不像你小时候?"

"哈，有点像。"米樱小姨看着画册，一时间愣住，好像想到了什么，不过又记不起来，她摇一摇头说，"小米，现在我培植的新品种茉莉可受欢迎了，我给那种茉莉起了个名字，就叫小熊茉莉。看到你画的这头熊，我就联想起来了。我带了几大包茉莉种子给你，你可以种种试试，真的是特别好的品种。"

这个名字真好，熊爸爸听到了，一定会很欢喜吧。我接过米樱小姨的种子布袋，心想，这是给熊爸爸的吧，虽然她不记得熊爸爸了，潜意识里也是要把最好的种子带到这片土地上来的。

收拾好后，我和妈妈拉着米樱小姨走向了银杏街。一路上，米樱小姨讲着她以前在这街上跑东跑西的情景，还说那时候，她是个野丫头，别人说晚上会碰到黑熊，她也不怕，还总说黑熊是她的好朋友，装成影子跟着自己，把人家都吓跑了……

这么说着，我们走进了薯球小店，店员小哥一下子瞧见了我，我拿着那枚书签冲小哥挥挥手："我有预定票哦。"店员小哥冲我笑："我记得你的，不用预定票。"

"你看小米像不像我那时候。"看到我的举动，米樱小姨笑，"我那时候也喜欢自己画点预定票。我觉得我画画的本领都是靠那练出来的。对了，你们还记得这里最好吃的那个薯球……""米兰茉莉味薯球。"我大声说。"你还记得?"米樱小姨笑得更开怀了，"我出国后从来没有再吃到过那种口味的，想了好多年了，今天终于可以再吃到了。"

"来了。"店员小哥很快送上来一份花篮状的薯球，"这就是最新的米兰茉莉味薯球，你们的运气真好，这是五年来的最新口味。厨师自己都非常满意的。"

"真好吃。"咬了一小口，米樱小姨的眼圈就红了，"太好吃了，这就是小时候的味道，不，是比那时候更好的味道！”

我和妈妈也低下头来吃薯球，我们也仿佛回到了从前。

我看到阿黑冲我做了个“胜利”的手势，突然想到藏在口袋里的茉莉种子，忙跑到他身边，把种子布袋塞进了他的口袋。

回到家里时，我发现口袋里有阿黑画的书签。虽然阿黑也没给我百味卡，可是，那有什么关系呢？没有百味卡的餐馆也有好味道啊。

我想，以后这家小店的米兰茉莉味薯球一定会大受欢迎的。

14

鼹鼠的盒子地瓜

放学回家，我会经过一条地下通道。本来上学的时候我也会路过，但清晨上学的时候，为了赶时间，爸爸一般会开车送我，所以走地下通道的机会就这么没了。

我们的城市原来没有现在这样繁华，公路没有这么宽，建筑没有这么多，楼房没有这么高……那时候，自然是用不着地下通道的，公路上人影子都很少，哪像现在这样，车水马龙，经常拥堵。

我刚刚读了一本关于鼹鼠的小说，那里面说鼹鼠们最擅长挖地下隧道，而且鼹鼠们乐意打通不同的隧道到不同的朋友家做客。当我第一次走地下通道的时候，我就感觉走进了鼹鼠的城堡，里面没有几个人，但却有许多不同的通道，看看上面的指示牌，有的是通向地铁入口，有的是通向公交入口，有的是通到商业街，有的是通到小吃街，还有的通到大型超市……我一开始有点慌乱，怕自己走错了道，后来又想没什么可怕的，我只要沿着箭头指示往丁香路口走就没问题了，就算万一走到别的道上去，也是可以绕回来的，地下通道的中心是回字形，全都相通的。

穿过地下通道的人都神色匆匆，应当都在想着“快点，快点……”，对于他们来说，这个通道就是一个快速过道。但显然打造这个通道的设计师不是这么想的，地下通道一天比一天热闹起来，装修出各式各样的特色小商铺，什么“饰全饰美”，都是漂亮的小装饰品；什么“美发屋”，都是各式各样的假发；还有“走天下”的靴子店、“玲珑”内衣店……这些店铺一个一个开起来时，路过的行人脚步显然放慢了不少，特别是“鲜花超市”“香水谷”也开张后，流连的人更多了。我越来越觉得每天走地下通道的时光是我最快乐的时光，我对饰物兴趣不算很大，对穿着也没有多少喜好，但是，我对吃一向是比较关注的。

地下通道的特色小吃也慢慢多起来，先是有了“奶茶铺子”，再是有了“煎饼果子”，然后又有了“肉夹馍”。一下通道口的电梯，那些食物的香气就直往鼻子里钻，让你的肚子条件反射般感觉饥肠辘辘。我的口袋里，自然是带足了零花钱的。对于在路上“增加点能量”，爸爸妈妈是没啥意见的，只是提醒我要注意卫生。

今天吃点什么？我下了电梯，思考了一下今天的路线，因为地下通道现在对我来说，已经是条条大道通丁香路口了，所以，我只要选择今天想经过什么小店，再确定行走路线就可以了。略微思量后，我选了条会经过“超级奶爸”的那条道，我觉得“超级奶爸”的烤肠味道不错，今天应当来一根。

快走近“超级奶爸”小店的时候，我闻到了一股甜香，之前从没闻到过的甜香，我寻着香气瞧过去，“超级奶爸”小店的旁边，有了一家新铺子，上面写着“盒子地瓜”。平常“超级奶爸”小店挤满的人群都转移到那个“盒子地瓜”小店去了，一个黑黑瘦瘦的小姑娘正熟练地把一个个香喷喷的地瓜从一个巨大的铁桶里掏出来，小心地划开皮，放进一个个纸皮盒子中，递给一位位顾客。

这个小店装饰简单，只有一株鸢尾花开得分外灿烂。

几乎没经过比较，我就决定今天也尝一尝“盒子地瓜”，因为那种暖香让我的心情一下子变得非常好，虽然要排队，但这不正是证明这“盒子地瓜”的吸引力非凡吗。我赶紧排到队伍的末尾去。

“后面的顾客请不要再排队了。”小姑娘数了一下人数，对我后面的顾客说，“今天只有这么多盒子地瓜，请明天再来。”“啊……”我听到后面的顾客遗憾的叹息，暗自庆幸。

排在我前面的顾客一个一个拿着地瓜满意地离开，终于轮到我了。小姑娘的手依然往大铁桶里掏去，但是她什么也没掏到，她不相信地又掏了一遍，还是什么也没有掏到。她把大半个身子探进铁桶里面，想掏出最后一个地瓜，但是，她灰头土脸地回转身来的时候，手里依然空空的。我的心往下一沉：看来，是小姑娘记错了个数，我根本不是幸运的那一个，从我开始就已经没有地瓜了。

“对不起……”小姑娘讷讷开了口，“我明明做了三十六个烤地瓜的，居然少了一个……”“也许是你数错了。”我已经接受了这个现实，“看看明天我还有没有这个运气。”“要不……”小姑娘犹豫了一下，“你跟我去一趟我家，我给自己留了一个。”“这个……”我有点警觉，为了吃个地瓜跟一个陌生的姑娘走，这好像有点不合适。

“就在后面，”她指了指通道里面，“五六分钟。”“好。”我看到里面露出的小屋，虽然在角落，但也在通道口，离我的出口更近了。她带着我往那个小屋走去，手里捧着那一株鸢尾花。那个小屋的装修风格很别致，基本上是黑白格调的。我进屋后，房门刚关上，小姑娘就指着一扇矮矮的小门说：“我进去一下。”这么矮的门，怎么进去？我刚有疑惑，发现小姑娘突然间趴在地上变成了一只小鼹鼠，她打开矮门就进去了，留下我呆呆地站在那门外反应不过来。

会打地道的鼹鼠会在矮门的那一头打很多通道吧？我琢磨着小鼹鼠不知要多长时间才能从她的“另一头”回来，只听到门“嘟”的一声，自动弹开来，小鼹鼠抱着一个大地瓜出现

了，她把地瓜放进纸皮盒子，跟在外面出售一样包装得体地递到我面前："拿去。这是我留给自己的，所以口味稍微跟外面卖的有点差异。我眼神儿不好，所以这个嘛，有点儿明目亮眼的效果。""真的吗?"我太高兴了，爸爸妈妈也常常说我眼神儿不好，如果吃个地瓜能达到心明眼亮的效果，岂不是意外收获，"你们的盒子地瓜是有特别的烤制方法吗?"

"当然有的。"小鼹鼠说，"每一个盒子地瓜上面刷的阳光蜜糖都是完全不一样的。烤制的时间也都不相同，我全是烤好了才拿到保温的烤桶里面去的。你快回家吧，我得赶紧准备明天的地瓜了。"说着，小鼹鼠已把我送出门。

"对了，问你一个私下的问题。"小鼹鼠突然说，"如果你只可以记住好朋友两个样子，你希望记住的是她什么时候的样子?""当然是最不一样的两个时候。"我随口答。"我已经记住了一个最漂亮的时候……"小鼹鼠突然有点儿伤感，"另一个不一样的时候，我可能看不到了……"说完，她转身关上了大门。

回味着小鼹鼠的话，我走出地道口，刚刚的经历像一个梦境，但手里的盒子地瓜是真实的，我咬一口，蜜糖般的甜蜜在舌间融化开来，我想到鼹鼠说过每个地瓜都要刷不同的太阳蜜糖，那蜜糖是哪里来的?

"妈妈!"我刚出地道口，就看到人群中的妈妈，她刚从公交车上下来。听到我叫她，她一愣："你的眼神儿什么时候变好了？这么多人也能看到我。”“我吃了个地瓜。”我的回答似乎牛头不对马嘴，不过妈妈倒是理解了：“你一吃点好吃的，就眼睛发亮了。”“那可不是……”我刚想说说地道里的经历，但是妈妈怎么可能理解鼹鼠小姐烤地瓜这种事，就硬生生把话憋回去了。“你看爸爸。”我拉妈妈看前面车流中开过来的一辆小车。“今天果然不一样。”妈妈跟爸爸挥了挥手，对我说，“这地瓜明天可以再吃一个。”

我当然要再吃一个，不，我要带给你们尝尝。我心里说。因为我突然感觉爸爸妈妈忙碌的样子和欣慰的样子都很美。我是不是记住了他们两个最好的样子？

这天晚上，不知道是不是因为我眼神倍儿棒的原因，我做什么都挺顺利的。所以，破天荒地，我有时间出去散步。我走向了离家不远的小花园。走入小花园的时候，我闻到了熟悉的香气，不禁抬脚跟着香气走去，居然是一丛丛鸢尾，蓝色的花瓣在风中摇曳，飘来一阵一阵的香，那香跟今天的盒子地瓜的香味可像了。我盯着鸢尾花的时候，竟然有一个蓝衣姑娘从花丛中升直了身子，好似刚刚她一直曲身在花丛一般。我叫起来：“你的衣服上全是鸢尾花……”“你能看到我？”那个蓝衣姑娘吃了一惊，转过来瞧着我，“你竟然能看到我衣服上的花，你的眼睛……”

这时候，我身边有个人走过，她果真没有注意到花丛中的蓝衣姑娘，只奇怪地对我说：“你在跟花说话？”我不言语，看向蓝衣姑娘，她冲我做了一个摇头的动作，我赶紧对来人摇头。

等那个人走远了，花丛间又只有我和她时，她说："我是鸢尾花精灵，按理说人类的眼睛是看不到我的，除非……对了，我想起来了，是不是鼹鼠姑娘？"

"是，是……"我也想到，遇到鼹鼠姑娘这件事，果然是不一般的，"难道她的心明眼亮就是可以看到你的样子？"

"对啊，可是，我一共只有一小袋鸢尾花阳光蜜糖，她把这种蜜糖制作的盒子地瓜给了你，她就永远不可能看到我变成精灵的样子了，她一直喜欢我做一朵花的样子。"鸢尾花精灵看看我，"鼹鼠姑娘曾经那么想要知道我变成精灵的样子，她说过，她可以记住一个好朋友两个不同的样子，她怎么会放弃了这个机会。"

"都是我不好……"没想到一个盒子地瓜里有这样一个约定，我感到非常抱歉。但是我想到一个补救的办法，"我可以把你的样子画下来，去送给鼹鼠姑娘。"

"这个主意不错。"鸢尾花精灵说，"那我们快到你家里去，你来画我。""好。"我把鸢尾花精灵带进家的时候，谁都看不到她的样子，爸爸妈妈对我说："你今天怎么怪怪的？好像旁边有个空气人似的。"那会儿，我正拉着鸢尾花精灵看我的小绿植呢，为了不让爸爸妈妈看出什么破绽，我赶紧把鸢尾花精灵带进自己的房间，拿出画夹开始画她。其间，妈妈进来，看到我画的漂亮姑娘，惊奇地说："想象力见长嘛，能画这么好看了。"我抬眼看一眼精灵，她一脸的害羞，我嘻嘻笑，接着认真画。

"嗯，真的跟我一个样子。"看了我的画，鸢尾花精灵很满意，"我现在知道鼹鼠姑娘为什么要把那个盒子地瓜给你了，她说过她眼神儿不好，记性更不好，当她捧着我变回的鸢尾花，看到你的这一幅画，她就把两个样子全搬到眼前了。她太聪明了。也谢谢你。这是我的一点儿小心意。"说着，她递给我一张卡片，我已经知道，这是第十张百味卡。

"别谢……"我正想说其实是我占了鼹鼠姑娘留给自己的盒子地瓜，但鸢尾花精灵没听我说就闪出窗，离开了。

第二天放学的时候，我兴冲冲地去找"盒子地瓜"，竟然换了一个阿姨在卖地瓜，我忙问："请问，昨天那位小姐姐呢?""她去管她的花了。"卖地瓜的阿姨说，"要地瓜吗?"我摇摇头，慢慢走向昨天小姑娘带我走的那个屋子。"咚咚咚——"我敲响了门。"来啦。"小姑娘的声音响起来，一开门看到我，她意外极了，"你是?"我没有说话，只把画从书包里找出来递给她："这是一朵花让我交给你的。"

"精灵姐姐?"小姑娘惊叫起来，"她居然是这样子的，太漂亮了。你怎么会有她的像?""你不记得昨天你给我盒子地瓜了吗?"我反问。小姑娘居然摇摇头："昨天给了很多人啊……""可我不一样。"我强调。她歪着头看了我好一会儿："你可能是不一样。不好意思，我没记住你的样子，因为谁的心都是有限大。现在，你让我记住了好朋友的两个样子，我太幸福了！”小姑娘很诚实的样子让我难忘。

我默默离开了。

“如果你只可以记住好朋友两个样子，希望记住的是她什么时候的样子？”常常记起那天，小鼹鼠这么问我。

“当然是最不一样的两个时候。”当时，我不假思索地回答。

是的，打那以后，我常常会记住朋友们两个完全不一样的样子，那种感觉棒极了，每个人都有完全不同的样子。

每次再路过“盒子地瓜”的时候，我都会想到小姑娘对着我不好意思的诚实样子，还有一只小鼹鼠欢呼的样子。我也记住了她两个最棒的样子。这句话，我一直想跟她说。

只是她早就忘记了我。她非常快活地忙来忙去，她的围裙上印着我画的鸢尾花精灵，她的身边，一直摆放着一株开得灿烂的鸢尾花。她的盒子地瓜味道依然特别好，我一直都喜欢，只是再也没有吃到一个地瓜能让我眼明心亮地发现花精灵什么的了。

好机会不是常常有的。幸好，好味道常常有。

15

栗鼠牌麻花

放学回家的路上，我和陈晚一言不发，默默地向前走。陈晚忐忑不安地看了我一眼，低下头走几步，再抬头看了我一眼，再低下头走路。我知道却装作不知道，闷头走自己的路，不去看她。

是的，我在生气，生陈晚的气。

今天下午班会课的时候，老师让大家讨论一下明天郊游的事。分好组后，我和陈晚便成了第三小组的组长。第三小组的组员林青她们几个说明天想吃麻花，想吃陈家麻花。这一提，陈晚就脸红了，因为她知道林青她们几个是故意的，陈晚是个单亲家庭的孩子，她从小没有妈妈，一直跟着炸麻花的爸爸生活。她爸爸总是推着一辆老旧的麻花摊车走街串巷，他炸的麻花很吸引孩子，有时也会到人家里帮着炸一天指定口味的麻花。所以，他常常忙得顾不上陈晚，陈晚一直就很独立，对爸爸也从不提过高的要求。

“晚晚，让你爸爸给我们小组每人炸一种特别口味的麻花好不好？你都当我们组长了，总要关心一下组员。”林青软硬兼施，“你爸爸的好手艺我们也能帮着宣传对不对？”

“不对。”我板下脸来，“你们是不知道陈爸爸多辛苦，也不知道他每天多晚才能到家，就这么乱提要求。郊游又不是为吃，吃点别的好了。”

“要不是郊游，陈晚什么时候会跟我们一组？平时哪有这机会？小米，你懂不懂把握时机？”林青跟我争执起来。

“好了，别闹了。”陈晚小声地说，“我回去跟我爸爸商量一下……”

“噢！”她这么一说，全组的人都欢呼起来，看来他们这是早有预谋，早就打算好了。我狠狠瞪了陈晚一眼，这个人，怎么不识好人心？我怎么能不生气？

所以，一放学，我就背上书包虎着脸离开了，陈晚在后面追上我，跟着我走，想说什么又不敢说，一直这么欲言又止的样子。

“小米，我知道你是好心。”到了拐弯口，陈晚终于张口了，“就是难得郊游一次，我也不想扫大家的兴，要不今晚你来帮我，我自己来炸麻花。”

什么？我瞧向她涨红的脸，她非常认真：“我真的会炸麻花，就是不同口味我没法把握，今晚上其实我爸爸也回不来，他今天要住在青果巷的李家，他们家明天给老人做寿，凌晨就要炸不同花色的麻花，分发给所有客人。”

“你……”这个陈晚真正要气死人，她爸爸今天不在家这么好的理由都不用，还打算回去自己炸麻花，太蠢了。

“你回去快点写会儿作业，晚饭后来我家帮忙，说定了啊。”陈晚一看我的脸色，赶紧要溜，“我会把一切准备工作做好的，你也只要在旁边稍微帮帮忙。”说完，她转向另一条小道，跑回去了。

哎，陈晚这个人其实善良又大方，而且从来不为自己的家庭自卑，总想用自己的力量来让大家过得更好，我生气也是气她太顾及别人的想法了，像林青她们那几个娇滴滴的小姑娘，就不能惯着她们。

回到家，我匆匆写好作业，晚餐也只吃了几口，就跟爸爸妈妈说要到陈晚家去商量明天郊游的事出门了。我知道爸爸妈妈会把明天我要带的东西准备得妥妥当当，一点儿不要我操心。几乎人人都会带上“爸爸牌”“妈妈牌”食物的明天，陈晚却要为大家带上“陈晚牌”麻花。

“哎，你踩到我的袋子了。”快到陈晚家的时候，一个小姑娘拉住了我，“你不是小米吗？快来帮我一下。”

我什么时候认识这个小姑娘了？我很诧异：“你是谁？”

“花栗，我叫花栗，”小姑娘说，“我在晚晚家看到过你的，我是跟陈爸爸学炸麻花的，你来帮一下我，一会儿把炸好的麻花都给晚晚送去。”

这么好？我一听高兴极了，肯定是陈爸爸听到了消息让花栗姑娘给晚晚炸麻花的。“好的，”我跟上花栗姑娘的脚步，“你在哪儿炸麻花？”“大石场。那地方安全。”花栗姑娘带我走进一个石门，以前我都不知道这个石门是可以开的，一打开后还有一间这么宽敞的石屋子，应当说还是一个规模不小的厨房。

“我刚刚出去拿了一袋子松仁，一袋子榛子，一袋子核桃，一袋子花生，一袋子豌豆……你说说，你们需要多少种口味？我听到晚晚一路上念叨着不同口味，不同口味，就是听不清到底是需要多少种。”花栗一边在不同的瓶子上贴标签，一边说。

“十二种吧。”我们是十二个人一组的，“不过你也别太当真了，十二种口味是可以互相搭配的，比如可以豌豆玉米味，也可以豌豆一种味，玉米一种味，你这么多调味的互相搭一下，早就超过十二味了。”

“啊呀呀，你怎么这么聪明!”花栗跳过来，一把抱住我，“我从来没有想到过还可以有搭配，还可以这么胡搭。”

“喂，这个词很不好听。”我纠正她。

“哦，对不起。”她赶紧收住口，“我们开始吧，其实我早就发酵好面粉，现在往不同的面粉团中加不同的味道，然后，我来打麻花辫子。”

说话间，花栗已经套上了一件非常特别的鼠袍子，活像一只大松鼠，她娴熟地开始搓起面团来，我根据她的示意，往每一个面团加入不同的调味品。我们之间的配合十分默契，她冲我眨眨眼：“你是不是也炸过麻花？”

“没有，”我摇摇头，“但我有一次看到陈晚跟她爸爸这么合作过，他爸爸比你还熟练，当然陈晚也比我熟练。我一直羡慕她那么能干，也一直有点心疼她。”

“你很快也要这么能干了。”和好面团后，花栗架起了一口大锅，我知道她很快就要开始炸麻花了。

“对了，你还没告诉我这些麻花是给谁吃的？”花栗在绕麻花面团时突然想起来，“这个问题也很重要，这麻花吧，可不是随便吃的。比如，你希望那些人吃了这麻花有啥表现？”

表现？一想到林青她们的样子，我笑了：“我希望吃了这麻花的人吧，懂得三思而行，懂得感恩，懂得要呵护晚晚，懂得珍惜，懂得……”

“慢点慢点……”花栗埋怨地看看我，“从来没有人一根麻花提这么多希望的，一根麻花一个希望比较正常嘛。”

“一个希望？”我看着花栗手下的麻花，放低了声音说，“好的，那这一根就是希望吃了它的人说真心话。”

看到花栗把这一根麻花放进了油锅，我就过去拿起长夹子开始翻动麻花，接着对她手上的第二根麻花说：“吃这一根的

人，要给晚晚一点儿回报。”

“哈，”花栗一边做着麻花，一边看我忙忙碌碌，好笑地说，“你现在很像一个了不起的麻花师傅，你知道吗，在松鼠王国里，会炸麻花的只有我一个，大家都说我是了不起的麻花鼠。我的栗鼠牌麻花可是响当当的名牌。”

栗鼠牌？我一听就摇头：“今天可以晚晚牌的，你不都是为她做的吗？对了，陈爸爸怎么知道晚晚今天需要麻花，派你来帮这个忙？”

“错了，错了。”花栗一个劲摇头，不过，她手下的活儿可一点儿没打折，“我没有遇到陈爸爸，是在树上听到晚晚一直在念念叨叨，才主动想着来帮她的。你不知道，去年我刚刚搬到松林巷的时候，这里的伙伴们都不大喜欢我，因为我没有什么本领，他们有的会做糕，有的会磨粉，有的会煮汤，在过节的时候，只有我没有什么拿手的东西给大家尝。那次我在一棵松树上伤心的时候，晚晚路过了，她给我递上一根麻花，我一开始不敢拿，后来晚晚把麻花放在树枝上走了，我才拿过来啃，一吃我就喜欢上了。后来，晚晚只要路过松林巷，都会在那棵松树上放一根麻花，不同口味的，不同样子的，我吃着吃着就有了想做麻花的想法，就悄悄跟在陈爸爸的身后走街串巷。这么长时间跟下来呀，我就都会了，我在松林巷开的栗鼠牌麻花店大家都很喜欢的。现在，伙伴们都喜欢我，知道我会天天做不一样的麻花。我知道这都是晚晚带给我的好运气，所以，她有困难时，我一定要帮助她的。”

听着花栗的故事，我心里的震惊简直堪比锅里翻滚的油浪。我一直觉得晚晚是一个为别人着想的人，现在看来，她不仅仅为人着想，对世界万物都是一样的。

花栗和我把十二种口味的麻花分好，凉透后开始包装，花栗准备的包装袋子也非常别致，包装好后，她非常用心地在每一个包装袋子上写上“晚晚牌”。

“给你啦。”说完，花栗拿出一个漂亮的小背包，把十二袋麻花放进去，单独给了我一个小盒子，让我背上快点离开，“你现在赶到晚晚家正好。”说完，她带着我跳上一片旋转的大树叶，大树叶如一张飞毯，飞向晚晚的院子。我走下树叶飞毯时，花栗已经不在身边了，只看到陈晚趴在桌上睡着了。

“呀，不好，我睡过头了。”陈晚一睁开眼看到我，“我等你的时候就睡着了，我们快开始……”“你看看。”我把背包打开，取出一袋袋麻花给她瞧。

晚晚看着看着，眼睛就红了：“啊，我爸爸……他怎么知道……我本来一点儿也不想麻烦到他。我知道他有多不容易。”

“这个其实不是你爸爸做的，而是他的徒弟。”我认真地说，“他的徒弟挺厉害的，没花多长时间，还特意说明了，这是晚晚牌，独创的。以后呀，你也要为自己想想，林青，李玉儿她们嘴巴馋，不要老顺着她们。”

“知道啦。”晚晚抱抱我，“你快回去吧，现在我就安心了。明天见。”

到家后，我打开花栗给我的盒子，里面是第十一张百味卡，飘着麻花的香。

这一晚，我睡得很好，感觉梦里一直有一股麻花的香味在飘。第二天一早，我们都兴致勃勃地向郊区远足，到了郊游的地点，我们分组活动时，林青马上说：“我们先来增加点能量，晚晚，麻花呢？”

“那我们找地方坐下来，细细品尝。”我突然想到昨晚炸麻花时，花栗让我说的一根麻花有一个希望的事。

“你们一人选一袋吧，品种都是不同的。”陈晚一打开背包，大家就惊呼起来。是的，香味已经飘出来了，关键是上面的“晚晚牌”让大家惊叹不已。

“很好吃。”林青选了一袋打开，咬了起来，“晚晚，你知道吧，我一开始跟你提这个要求以为你肯定会拒绝的，然后我想乘机说，不如我来当小组长，我给大家一人带一包饼干。因为我妈妈做了一种巧克力饼干，我想刚好可以炫耀一下。哎，不对，我怎么把真话说出来了？怎么会？”

大家听到林青这么说，都意外地盯着她，听到最后，又忍不住笑起来。

“晚晚，其实我是有点嫉妒你，虽然你家一点儿也不富有，没有我那么多花裙子，也没有我那么多皮鞋，妈妈也没有天天给你扎好看的辫子。可是，你成天那么开心，成绩又好，还总帮助别人。所以，我跟林青一起问你要麻花的时候，是有点恶作剧的心理，因为我听说，你爸爸到了家一般就不做麻花了，这事你肯定为难……”李玉儿刚吃完一根麻花，看到大家都没说话，就接着林青的话说了下去，结果，她的一番话更让我们吃惊。

“晚晚，其实我们挺佩服你的……”佳佳又开口了。

这是怎么了？陈晚看看我，又看看大家：“你们……有点奇怪……”

“嘻，”我凑到陈晚耳旁，“这是你这种牌子的麻花的奇特效果，能让吃到它的人说出心里话。”

“这不大好吧。”陈晚说，“我爸爸什么时候搞这种创新，我得说说他。”然后她打断大伙儿的话：“大家都加了一点儿能量，我们去爬山吧，老师说过，哪一个小组先取到山上的红旗就是第一名，我们加油。”

“好。”大家竟然一致同意，平常娇滴滴的样子都不见了。我们跟着陈晚一起奋力往山上去，中间磕磕碰碰的也没有谁抱怨。我突然想对花栗说一句谢谢，我觉得花栗把一切做得太完美了，对了，要感谢她就去她的麻花小店多光顾几次啊。我为自己心里的主意叫好。

不用说，这一次，我们小组是稳稳的第一名，很让老师刮目相看呢，“真是不出来不知道，你们这群小姑娘，倒是长大了。”可不是嘛，我们一起你看我，我看你，笑得开怀极了，“老师，那是因为晚晚牌麻花，你也要尝尝哦。”她们争相把麻花递给老师。

老天，如果老师尝了这麻花，会说点儿什么呢？

16

幸福串串

今天是周五，从补习班出来的时候，时间已经挺晚了。走过小吃一条街的时候，我的肚子“叽叽咕咕”提着抗议，糟糕，今天出门的时候我忘记带钱包了。

不过，以我的经验，只要在书包的角角落落搜寻一番，总能找到点硬币的。这个经验是小寒告诉我的，她在家里没有零花钱的时候，就到沙发角落、床角落、茶几角落去找，准能找出点惊喜来。

没错，我的确在书包夹层的角落里摸到了两个硬币，这可以买两个串串来垫垫饥。攥着亮晶晶的硬币，我跑向了一个小摊。

“两根菌菇串。”我点了我最喜欢的串串，看到肥厚的菌菇片在油锅里翻腾，又在酱香里翻滚，还没递到我手中，我已经满心欢喜了。

举起菌菇串，我往家走的脚步一下子轻快了许多。不过，我刚准备一饱口福时，一个羞怯的声音响起来：“可以……给我一串吗？”

我扭过头，身后是一片小竹林，竹叶中，只有一只咖啡色的大猫，跟我要串串的是……这只猫？

“我真的想尝尝你这菌菇串的味道。”大猫看到我盯向她的目光，继续用柔和的声音说，“我在这里瞧了好久了，你拿着菌菇串有一种说不出的幸福感，你这种味的菌菇串也是幸福串串吗？”

这……虽然我很饿，但我还是很愿意满足这位猫小姐的好奇，我递给她一根：“你尝尝吧，我是很喜欢的。”

“谢谢。”猫小姐小心地接过串串，小口小口地咬起来，我吃完了好半天她才吃掉。虽然是晚上了，我走的街道行人很少，但还是有三三两两的人散步路过，瞧着我和一只猫一起吃串串，很奇怪地瞄上几眼，然后疑惑地离开。

“那个……”猫小姐吃完后瞧了一眼我带的保温杯，掏出她口袋里的小杯子，有点不好意思地说，“我有点渴了。”我带的是一杯冰糖柠檬茶，我打开来，给她倒了满满一杯。她喝完后，若有所思：“这是冰糖的柠檬茶啊，不是蜂蜜的。”“对的，冰糖的。”我确定地点点头。“那……”猫小姐好像还有话说，但我这会儿意识到爸爸妈妈在家等着我，不宜逗留，忙跟猫小姐挥挥手，跑进小区的大门。

“小米，明天你爸爸要带我们去山里玩，周末让你放松放松。”一进家门，妈妈就跟我说，“你不是喜欢菌菇吗？我们去的就是菌菇山庄。”

进家门前我还想跟爸妈分享一下路上的奇遇，可是这菌菇山庄的出行计划令我激动，我赶紧准备起行装来。

要是小寒在就好了。收拾衣物的时候，我拿出一顶橘色的帽子，这是和小寒一起买的，当时营业员对我们说，我们俩戴着这顶帽子转过身去，她就分不出谁是谁了，因为我和小寒扎一样的马尾辫，穿一样的蓝裙子。听到她这么说，我和小寒没有一丝犹豫就买下了这顶帽子，我们说，以后出去游玩时，就戴着一模一样的帽子，让别人分不出我俩。可惜的是，我们刚买下这帽子没多久，小寒就跟着爸爸妈妈离开了这个城市。她搬走快两个月了，一直没跟我联系，不知道她会像我想念她一样想念我吗？

因为想念小寒，我吃串串时，总吃她最爱的番茄味菌菇串；我泡茶时，总泡她最喜欢的冰糖柠檬茶；我出门时，总戴我们同款的橘色帽子；我扎头发时，总要扎一样的马尾辫……这些，小寒会知道吗？

第二天一早，爸爸妈妈带着我就驱车往菌菇山庄去了。一路上，山清水秀，风光无限好，车开到山庄时，就像钻进了一个山林城堡。四周全是高高大大的树木，房屋四周环水，几只白鹅在戏水。整个设计都显得匠心独具。我们入住的时候，山庄的工作人员特意提醒说："山庄靠北的后院有山猫出没，游客止步。"

一听到有山猫，我倒来了精神，小寒说过，她以前有一只山猫朋友，会做幸福菌菇串串，会跟她谈天说地，还会帮她传纸条什么的。那会儿我笑话她挺爱幻想的，她还一脸委屈。现在我倒想遇到一只山猫，昨天的猫小姐让我相信了小寒的话，如果山猫能帮我给小寒送张纸条，那就太好了。

到房间收拾好后，爸爸妈妈拿着相机叫我出门，我挥了挥自己的小相机："我们分开散步吧，我喜欢的地方和你们不一样。"爸爸妈妈挺开明的："好，不过一小时后一定要回到房间，不要走远，就在山庄里面转转。"

"好。"我满口答应，看到他们走远，我立即往刚刚工作人员说的山猫出没地区跑去。这种冒险的感觉好久没有过了。

令人失望的是，这个后院除了风景，什么也没有。这院里全是竹林，粗细不一的竹子一起直直地冲向蓝天，碧绿的叶子如尖嘴的口哨，吹着好听的曲子。只是，这曲子若不是我来，吹给谁听？

我坐在竹林前面的一张竹椅上，想等待奇迹。可是，竹林的曲子已经不知吹了多少支了，我也没等来什么，我看离爸妈约定的时间只有十来分钟了，只好起身。

"你是……小米？"我刚迈出后院，迎面却闪过来一个影子，我仔细一看，有些讶然——猫小姐，我昨晚上遇到的猫小姐。“你怎么在这里？”我轻声叫起来，“听说这里是有山猫出没的。”“我就是山猫啊。”猫小姐嘻嘻地笑了，“我去采摘了很多菌菇，今天准备来做你昨晚吃的那种菌菇串串。你喜欢的番茄味的，我还准备了很多很多番茄酱。你不知道，原来我做的全是孜然味的，我的一个朋友只吃孜然味的，她也吃出了幸福的样子，她告诉我世上只有孜然味的菌菇串是幸福串串，现在我想证明还有别的口味的幸福串串。”

“小米……小米……”爸爸妈妈的呼唤由远及近。猫小姐对我眨下眼：“我先回去忙啦，再见。”她刚进后院，爸爸和妈妈就出现在我面前了，他们拉着我往餐厅去：“听说这儿的菌菇宴特别有名，我们去尝尝。”

菌菇宴？这太吸引我了，我赶紧跟爸爸妈妈去山庄的餐厅。

菌菇煲香味浓郁，菌菇丸清淡雅致，菌菇饼脆脆的，菌菇包子馅儿奇多，菌菇汤鲜美可口，菌菇条爽口极了……这菌菇宴上的每一道菜都让我吃了还想吃。但是上菜的小姐姐一直说：“一定要把好胃口留到最后的菌菇串串上啊。”听到这饭店里也有菌菇串，我真是高兴极了，索性放下筷子等起来。

等上过了菌菇糕，菌菇饭，菌菇串果然上来了，是一大盆，不是一大盘，是盆啊。上菜的小姐姐说：“今天山猫厨师做的幸福串串居然是番茄味的，平常可都是孜然味呢，你们算

是尝鲜了。”

听到上菜姐姐的话，我手中的勺子“啪”一下落了地，发出“咣当”的声音。“你一定太惊讶了。”妈妈不以为然地跟我解释，“这个餐馆就是山猫餐馆，加上这里不是说有山猫出入吗，厨师穿上山猫服就叫山猫厨师了，只不过，你以前好像一直只吃孜然味的菌菇串啊，这次改成番茄味，你还吃吗?”

什么？妈妈的话让我又一愣。如果不是她提起来，我都要忘记在和小寒一起吃菌菇串之前，我只吃孜然味的菌菇串了。妈妈从来不知道，我和小寒认识后，也吃番茄味的，在小寒离开以后，我只吃番茄味的菌菇串了。

“吃啊。”我拿出一根菌菇串，尝了一口，“味道真是太好了，比我以前吃的都好吃。”“是还不错。”爸爸妈妈赶紧也吃起来，不住地点头。我吃着吃着，突然想到山猫小姐，她刚刚说，她去做番茄味的菌菇串，她就是这个山猫餐馆的厨师?

想到这，我问上菜的小姐姐：“你们厨房在哪里?”“在最里面。”小姐姐指了指说，“不过厨房重地，闲人莫进，山猫厨师在的时候，我都从没进去过。你就不用过去表示感谢了，给山猫厨师留张纸条就够了。”

小姐姐好像料定每位顾客都会感谢厨师似的，给我递上一张空白条让我写感谢的话。我随手画了颗杏，以前我和小寒彼此道谢都会画一颗杏。等小姐姐送进一个盒子，我才想到，除了小寒，谁都不懂杏代表谢谢，我真是犯蠢了。

回到房间后，爸爸妈妈说要去会一个朋友，让我先休息。我倒是一点儿也不困，在桌子上随手涂涂画画。

“咚咚咚——”有敲窗的声音，我抬头，一眼看到一顶跟我一样的橘色帽子，帽子下面却是猫小姐的脸，我赶紧跑出屋子，走到猫小姐身边：“你这帽子是哪儿来的？”“跟我来。”猫小姐拉起我，往她住的后院跑。等我们跑进去的时候，那个后院好像又变了样子，应当是竹林变了样子，她带我走了竹林深处的石屋子：“小米，你知道小寒吗？你画的杏，她也给我画过。”“当然知道，她是我的好朋友，可是，我已经好一阵儿没她消息了。你的帽子，是小寒给你的？”我急切地问。

“别急，你听我说。”猫小姐放下帽子，拉我坐在石屋子里的石头床上，慢慢开始讲起来，“小寒是我的好朋友，虽然我和她极少见面，但是确实是那种非常有默契的好朋友。我本来不住在这个城市，住在小寒现在住的南城。小寒原来住在你们这个城市的时候，偶尔我们也会见到一次，她回到南城时我可高兴了，但是，她却常常安静地不说话，她说想让我办一件事，给她在你们这个城市的好朋友带一些纸条。我本来不愿意，可是她说她那个朋友不相信她有一个山猫朋友，她想让我出现在那个朋友面前。她给我描述的朋友是这样的：只吃孜然味的菌菇串，因为那是幸福串；只喝蜂蜜味的柠檬茶，因为那是幸福茶；喜欢戴橘色的帽子，那是她的幸福帽子……我到你们这个城市好久了，排除了好多人，最后找到了你，可你吃的菌菇串是番茄味，你喝的柠檬茶是冰糖味，只有这帽子，我看是一样的。所以，一直没敢确定。”

这……猫小姐的话很轻，在我耳旁却如惊雷——我记住了小寒的口味，可小寒记住的是我本来的口味。我们好像成为彼此，所以，这一阵子，她不是没有给我信息，而是信息都在山猫小姐这里停住了脚步。

我结结巴巴地把我改口味的事解释给山猫小姐听的时候，山猫小姐的眼睛亮极了，她说：“原来，幸福的味道就是想念的味道吗？原来幸福的味道就是分享朋友的口味吗？”我拿着一个大信封回到房间的时候，爸爸妈妈还没回来，我在灯下，轻轻读着小寒给我的纸条儿。

“小米，搬到南城后我想立即给你电话，可是，一想到你笑话山猫不能成为我朋友的样子，我决定要给你一个惊喜。小寒。”

“小米，其实约见山猫小姐也不是一件容易的事，我已经失败好几次了。她居然不见我。小寒。”

“小米，我一定要让你见到山猫小姐，说不定你会爱上她做的菌菇串，她最拿手的东西。小寒。”

“小米，这里一切都好。就是没有你这一点儿不大好。小寒。”

……

信封里所有的纸条加起来的想念应当跟我对小寒的想念差

不多。读着纸条的时候，我的心格外柔软，小寒想让我知道她的一切，包括她和山猫小姐的友情，她也要跟我分享。我想到山猫小姐做了无数孜然口味的菌菇串，在城市的大街小巷寻找我的样子，觉得自己幸福极了。

我赶紧拿出空白纸条来写信给小寒："小寒，我都忘记孜然口味的菌菇串了，因为现在我只爱番茄口味的菌菇串，山猫小姐最聪明，她知道幸福串串不是一种口味，而是一种想念。"

明天，山猫小姐回南城时，她一定会把我的纸条带到小寒手上，还会告诉她幸福串串的秘密。

所有纸条的底下，是一张亮晶晶的百味卡。第十二张，第十二张百味卡啊！看着这张百味卡，我突然间热泪盈眶，我知道，这不是结束，只是另一种开始。就好像我们说一声再见的时候，是另一种开始一样。从收到第一张百味卡开始，我便向往着千果城，可是到拿到最后一张百味卡时，我却有了新的想法。是的，新的想法。

17

青果巷奇遇

再一次拿出那张魔法邀请信笺的时候，上面的十二色花瓣都落光了。但是信笺上的香气依然在。很多再见是没有声音的，我想到了青枝的离开，想到了安安的无法释怀。这十二色花瓣的飘落如此无声无息，我心里是不是也不能放下？这个邀请开始得突然，结束得突然，好像一切回到了从前，又好像一切又不再是从前了。这从前和现在之间，隔着千果城，隔着许多无法言说的美味，隔着许多故事，隔着十二张百味卡。

十二张百味卡集成后如何使用？没有谁提示我，我有点紧张，又有点兴奋。凝视着信笺上飘落花瓣地方，蓦然想起一个词：“顺序。”

是的，原来我是按顺序点击花瓣，点击后果然一次次在无意识中进入千果城的私家餐馆。我如果按我收集到百味卡的顺序来排列……灵光一闪，我小心地把十二张百味卡放在桌上，按着收集到的次序一张一张排起来。是的，我的想法没错。当那些卡按顺序排列时，我听到了清脆的“喀嗒”闭合声。因为每一张百味卡的形状不同，我就如同在拼图，等到拼完十二张的时候，我发现这些拼合成的百味卡居然是一只刺猬的形状。

我正对着这拼成的刺猬发愣，那只刺猬居然动了起来，他在床上翻了一个身，抖了抖身上的刺儿，对我递上一颗青果，微微笑着说：“你好，小米。我叫阿布，祝贺你集成十二张百味卡，这是送你的青果，你可以用它煮百味汤。当然，现在最重要的是你可以去吃一顿大餐了。我就是要带你去青枝苑的使者。咱们出发吧。”

“别急。”我忙说，“我收集百味卡可不是为了一顿大餐。”

“收集百味卡都是为了一顿青果大餐啊。怎么还可能有别的理由？”阿布疑惑地瞧着我，“一个月内收齐十二张百味卡可是破了纪录，谁也没有这种速度。你这么心急地拼出了我，不是为了吃？”

“真不是为了吃。我想请青枝参加我们的聚会。”我叫起来，“青枝是安安的小姨，我们都很想念她，安安特别想见她。你能帮我吗？”

“青枝？”阿布想了想，“我知道了，你是在说青枝去人类中生活的事。她答应过青阿婆找回青果原味后就不再去你们那个世界了。不过，说来也奇怪，她带回来的青果原味很棒，但她自己不满意，总说还缺了点什么。作为一棵古树，对果子的味道是最敏感的了。”

青果原味？我想到安安提到的青枝寻一种丢失的味道，而她从我那里拿走小盒子时，说丢失的东西终于找到了。原来就是一枚青果？那枚青果就是小鹿带走又还给她的。

“青果原味是百味之源。”阿布说，“那本来是青枝结的果子，拥有青果原味的青枝是千果城未来的城主，青阿婆说尝遍百味，懂得百味后，青枝才会成为最好的千果城主。昨儿青枝已经会做九九大餐了，你赶紧去尝尝吧，不要犹豫了。”说着，阿布拉着我就跑。“停，”我急得叫起来，“那这个百味卡约定可以改一下吗？改成青枝参加我们的聚餐，她来尝我们的手艺，不是我去尝她的手艺。”

“颠倒过来？”阿布停下脚步，“有这么改约定的吗？青枝已经忘记了你们，青枝的记忆现在只和所有的味道有关，她经历着百味，将要担负起千果城的百味生活，怎么还会有空闲想着你们这些牵牵绊绊的小事儿。你们和千果城可是两个世界。”“你只要告诉青枝我的决定。”我认真地把林琪给我的约定卡给阿布，“我一定要试一试。”说完，我怕听到不想听的话，也不想自己后悔，立即往相反的方向跑起来，跑了不知多久，我确定阿布没有追上来，才停下脚步，喘着粗气。

一连很多天，我都没有见到阿布。或许，阿布永远不会出现了。我放弃了千果城的邀请，千果城也放弃了我。这天，我和安安走过一棵青果树时想。但是我一点儿都不后悔，我为安安努力争取过。

“你们好！”突然，一个戴了兔面具的姐姐走到了我和安安面前，她热情地说，“不知你们是不是愿意去青果巷走走？有惊喜噢。”

会有什么惊喜？我没精打采的，刚要拒绝，安安却答应了：“行啊，刚好我们有点时间。”“太好了，那跟我走吧。你们叫我青阿姐就可以了。”兔面具姐姐在前面带起路。

青果巷不是很吸引我，在我的印象里，就是几条古色古香的石板街。

“你知道吗？青果巷原叫千果巷，我婆婆就跟我说，从前这里面的各种美食呀，数也数不清。”安安见我不大乐意的样子，便对我说，“最近我听说这里面有不少好店开张了，那个味之山海里面的饭团啦，奶茶啦，串串啦都不错，还有含月居，日月堂，花守，苏小朱……”

什么？我是被安安嘴里冒出“千果巷”三个字震惊了，安安以为我被她说的一串好吃的震惊了，得意地拉着我跟上前面的青阿姐：“小米，我知道你对那些吃的一定有兴致的，那些小店里常常有意外惊喜的。”

不对，不对，我突然发现我们虽然走在青果巷子里，但是周围的店铺又不全是青果巷的，是的，我居然看到了松鼠面包房，鼹鼠阿木的香芋杯，黑熊饭团，熊阿伯的薯球，鸭小妹的

花生糖……这些店铺明明不是集中在一起的，我怎么正和安安穿越过它们。而安安一点儿都不稀奇，她说："青果巷现在的夜景还真不错，让人感觉到了另一个世界。你看到我说的那些小店是不是挺别致的？很有从前的味道吧？"

对的，另一个世界。也就是说，青果巷和千果城是两个世界重合在一起的，我脑子里突然冒出了这一句话。我看到的一切跟安安看到的一切并不一样。我看到的世界里，每个人都戴着动物面具，他们在千果城里招呼着八方友朋。而安安看到的青果巷灯火如星，风景无限。我看到的，就是千果城的模样。安安看到的，便是青果巷的样子。我和她行走的石板街，其实穿过了两个地方。

"到我的青枝苑来坐坐，我给你们一份我新做的青果脯。"青阿姐的话打断了我的思绪，我猛然一惊，青枝苑？是千果城中的青枝苑？它怎么也坐落在青果巷？

"这个青枝苑我还第一次知道。以前来青果巷怎么就没看到。"安安小声对我说，"你有没有发现这个青阿姐跟青枝小姨还真有点像？只是青枝没有这么成熟这么大气，也没有这么从容不迫。"

我也发现了，虽然在夜色中，一切都不够清晰，但即便这样，仍能感觉到戴着兔面具的青阿姐跟青枝有许多相似之处，但真的也有不一样，她像一个更美好的青枝。

"青果原味！"拿到果脯的安安念出了包装上的字，她陷入了沉思。她偷偷地打量着青阿姐，一会儿觉得熟悉，一会儿又觉得陌生。

“尝尝。你们是这果脯的最初品尝者。告诉我你们的感觉。”青阿姐笑着说，“这青果脯还可以用来泡茶，煲汤，炒菜……我现在想让不同的果脯成为不同的调味品，青枝苑的调味品一向是大家追捧的。”

“有阳光的甜香，有雨露的清凉。”安安脱口而出。

“有记忆的味道，也有梦想的味道。”我轻轻地说。

“呀，你们是帮我想好了青果原味的说明书吗?”青阿姐高兴地又塞了几袋子果脯给我们，“谢谢两位的品尝。品尝出什么缺点吗？比如，少了些什么?”

少了些什么？我和安安尝不出。

“青阿姐，你是叫青枝吗?”憋了很久的安安冷不防地问青阿姐。

“是呀。”青阿姐随即回答，“是不是一看到青枝苑就能想到我的名字？别人也是如此。”

“我有个小姨，也叫青枝……”安安说。

“那还真巧，小姑娘，”青阿姐抱抱安安，“我也觉得你好亲切呢。”

在一旁呆呆地看着这一幕的我，突然间想到了刺猬阿布，我似乎看到橱窗后面，阿布就在对我微笑。可我仔细看时，阿布又不见了。不管这里是千果城的青枝苑，还是青果巷的青枝苑，我都知道，这个青阿姐就是青枝，是忘记了过去的青枝。过去可以忘记，可熟悉的感觉永远都在。就如她对我们一见如故，我们对她一见就亲近。

“青阿姐，可以邀请你周六的六点参加我们的假面舞会吗?”我认真地问，“地点就在附近，青果巷的林苑。”

“真不好意思，那时候我走不开。谢谢你们。”青阿姐抱歉地摇摇头，“我听说了，你们的假面舞会筹备得特别认真。”

“噢。”我有点儿失望。但是这是意料之中的答案。

“青阿姐，你可以去看一眼，只看一眼的时间会有吧。”安安说。

“也许……”青阿姐笑着送我和安安出门，“什么事儿都说不准的。留一点儿秘密好，秘密会让世界更美妙的。”

凉风吹来，我和安安手拉手走在青果巷子里。这一次，我看到的是真真切切的青果巷，隐匿的千果城消失了，身边来来往往的行人在说：“山的味道是什么？海的味道是什么？这青果巷的味道又是什么。走一走青果巷，人生的味道都在其中了……”我抬头想找找说这话的人，可是声音已经飘远了，只有灯光闪闪烁烁映照着眼前的路，我突然觉得这里的每一条道都充满秘密，这里的每一块地砖都有久远的故事。

“谢谢你，小米。”安安突然柔声说，“我知道你为什么想请青阿姐，你想让她当青枝。你想让我没有遗憾。”

“不，安安……”我想说青阿姐就是青枝。安安又接着说：

“你知道青阿姐凑在我耳边说了什么吗？她说，现在这个青果原味里还缺了一点儿味道，她一直在想办法。那一刻，我多么希望她就是青枝。希望她就是忘记了过去的青枝，她依然在做着梦想中的事，这有多么好。我以前就一直想象着她能到青果巷这样的地方开一个小餐馆，把她的创意美食分享给五湖四海的人，我现在想到林琪说的话，青枝不就是像青阿姐这样，在千果城里变成了我想象中的样子吗?”

“安安!”我觉得青果巷的七彩光让安安一下子长大了，面前的小姑娘再也不是那个对着林琪发火的安安了。

“我知道你想说什么，”安安甩开我跑了起来，“别说，就把愿望留在青果巷吧。我现在太喜欢青果巷了，走到这里，我能想象林琪去过的千果城的样子了。”

18

说一声再见

回到家里，我把收集到的所有关于千果城的消息拼接起来，越来越觉得，它就隐藏在青果巷里。

安安要把愿望留在青果巷，青枝要把愿望留在千果城。

但青果巷就是千果城，千果城也就是青果巷。这是最大的秘密。这个秘密只有我知道，我多想让安安知道，多想让林琪知道，多想让所有人知道呀。青果巷有通往想象之城的通道，这个通道或许是一条巷子，或许是一家小店，或许是一棵树……谁也说不准会在某个地方一下子走进了自己寻找已久的世界。

我们一直费尽心思寻找的一切，常常就在我们的身边。我们觉得自己根本抵达不到的地方，往往就在我们的周围。我们一直渴望知道的秘密，可能从来就不是秘密。

周六下午六点，林苑，这是林琪十一岁生日假面舞会。我和安安，还有我们的伙伴们，也都快要满十一岁了。长大，似乎是悄悄的，又似乎惊心动魄。

“小米，快到楼下来。”周五我到家没多久，安安就在电话里说，“电话总算通了，陪我去给林琪选个礼物吧。”

这通电话让我心情大好。我连蹦带跳地跑出电梯：“安安，你早不生气了对吧？你跟林琪和好了是吗？”

“我早就不生她气了。”安安低声说，“林琪没什么错，一切都是我自己……”

“安安，或许……”我正考虑着怎么说，安安又打断了我：“小米，我想选个沙漏给林琪，让她帮我数算着时间，等到我长大，我和她一起去千果城。我知道千果城就跟青果巷一样，青枝在那就跟青阿姐在青果巷一样。”

礼品店和沙漏有无数的样子，每一种都有着精巧的设计，我在一幅《沧海桑田》的沙漏画前停了很久很久，突然觉得上面的图案似曾相识。对了，上面的树木好像是阿布描绘的千果城的千果林。

“就买这一种。”安安取下那幅沙漏，“时间流逝，我们长大。变化的是时间，不变的是我们的愿望。”

“尝百种美味，品丰富人生。”我和安安一起说出来。相视而笑。和安安一起走出礼品店时，我突然格外轻松，或许，青枝记不记得我们，会不会出现都不那么重要了，我和安安还有林琪，还有那么多伙伴们。我们都在品着百种美味，都在品着最多滋味的童年。青枝丢失过的青果早就把许多滋味带到了我们的世界里。

“对了，假面舞会上每个人的服装是自己配的哦，可以去租借。”我想到林琪的叮嘱忙提醒安安。“我会自己做的。”安安早有准备似地说，“你们一定谁也认不出我的。”“不能告诉我吗？”我着急了，林琪要跟她约最后一支舞的呀。

“最后一支舞我会跟林琪跳的。”安安明白我的心思，笑着说，“到时我会找到她，你放心吧。”说完，她拿出三只粉色的小蝴蝶结，这三只小蝴蝶结如三只小蝶，每只有一个小编号，分别是 1、2、3，它们在安安手上扇动起翅膀。我一下子明白了安安的意思。她要我们三个无论打扮成什么，最后一支舞蹈开始之前，把这蝴蝶结夹在袖子上，这样，我们就可以认出对方来。

“好。”我取走了“1”号和“2”号，对安安说，“林琪是 1 号，我是 2 号，你认不认都没关系。我要在厨房准备一道百味汤，这是这次舞会的特别饮品。”说完，不等安安说什么，我就往林琪家去了。

接过那只小蝴蝶结，林琪惊讶道：“安安真的想通了？小米你真了不起，我觉得她再也不会理我了。那个千果城我也一直在努力寻找，可是真的没有任何进展，好像当初的那次偶然遇见真是一个幻境，一个梦一样。”

“但是很多梦是会变成真的。”我打断林琪，“你看，我们三个又合好了，我们又像当初一样了。不，我们比当初更好了。还有什么让我准备的吗？听说，你和大家都准备了好久。对啦，最后一道汤我来煮，百味汤。”

“都好了。就等开始了。你什么时候会煮百味汤了？听起来很好喝的样子。”林琪一脸向往。“当然好喝。”我摸了摸口袋里的青果，隐隐约约地，我觉得青枝会出现，出现在百味汤旁，指点我把这锅汤煮好。

时间一点儿一点儿地滑向我们约定的时刻。林苑里装饰得如同童话森林，灯光闪烁中，“熊姑娘”来了，“兔先生”来了，“鸭小姐”来了，“袋鼠”来了，“花精灵”来了，“葡萄天使”来了……我的外套是刺猬服，就像十二张百味卡拼成的刺猬一样，我也是一个使者，能请来青枝吗？行走在林苑，我瞧着身边走过的一个个童话中的主人公，辨不出安安、林琪，更不能想象青枝会是哪一个。

舞会开始了，大家手拉手开始跳开场舞。开场舞结束后，一位“柠檬小姐”走过来，对我悄悄说：“你的蝴蝶结很美，我借来戴一下。”话音刚落，我袖子上的蝴蝶结就飞到了她的袖子上。然后，她转身淹没到人群之中，这个过程如此快，我都来不及反应。

青枝？我脑子里突然闪过这个念头。

恍惚中我看到“柠檬小姐”和一位“兔姑娘”，还有一位

“熊姑娘”一起离开了会场。我意识到这是青枝和安安，还有林琪。

她们去了哪里?

我安安静静地走进厨房，端出一份份“百味汤”，大家都围上来取走一碗尝起来。“真好喝。”“从没喝过这种汤呢。”“是有一百种心情的百味汤?”“是一百种心愿吧?”大家边喝边议论起来。

我也尝了一口，味道真的很不错呢，碗中荡漾的水涡中突然出现了鹿姐姐、猫阿姐、阿獾、兔小姐、栗鼠……他们在对着我微笑，那微笑甜美如花，继续品尝这百味汤，尝出了更奇妙的味道。

这时候，我突然想起来，要给青枝、安安、林琪留三杯。

但是，等了很久很久，也没有看到有蝴蝶结标志的她们回来。最后一支舞的曲子就要响起来了，我紧张起来，安安说好的要和林琪跳的最后一支舞就要开始了，她们在哪儿?

曲子响起的时候，大家都回到了舞池，我也被一位“鸭先生”拉进了舞池中。这时候，舞池的中心有一对配合得极为默契的舞伴在翩翩起舞。我仔细瞧去，瞧到了她们上面的蝴蝶标签。我的心一下子松了下来：她们原来一直在的。最后一段旋律响起的时候，舞池中央的两位过来，对我身边的“鸭先生”行了一个礼：“我们想请这位刺猬小姐一起跳最后一段。”说完，她们拉起我就旋转起来，在最后一个音节里，她们一起对我说："谢谢你，小米。"

音乐结束，大家都脱下面具和稀奇古怪的服装。到处都是此起彼伏的惊叫。只有我们三个安安静静的。

"对了，快来喝汤，要冷了。"我把她们拉到厨房。

"刚刚在千果城的青枝苑，你不是让我们喝了吗？"安安奇怪地说，"你还让我和林琪说了这阵子发生的事，然后你惊叹原来的九九汤终于成了百味汤。因为青枝终于知道她原来缺的是互相说一声再见。再见的味道无法言说。虽然青枝今天不在，但是，我看到了她的青枝苑，看到她的姐妹青衣和青兰。她们对我们那么好，一定对青枝特别照顾。我真的非常安心地对青枝苑说了——再见！没想到这一声再见这么重要，说完再见，我觉得我好轻松；说完再见，我觉得我自己都和从前不一样了；说完再见，那百味汤的味道真的浓郁了好多……小米，现在嘛我觉得青果巷也是千果城，千果城也是青果巷，这两个地方也是双胞胎。"

"是的，我们非常开心地跟青枝苑说了再见。"林琪说，"小米，我真的没想到你居然能把我们带到千果城，你怎么得到十二张百味卡的？这一切太神奇也太梦幻了，真的是一个幻觉。还有，千果城怎么隐藏在青果巷中的，哎，我怎么从来不知道那个通道啊。"

"我没有……"我忙说，"我真没有……难道是青阿姐？"

"不是，不是，我们知道是你，那只蝴蝶结不会撒谎的。

你真以为有了面具就能遮掩一切?”安安和林琪一起叫起来,“你还叮嘱我们,别忘了摘下一枚青果,因为它收藏着岁月,收藏着百味。别忘了品尝一种美味,你会品到光阴的滋味,你会品到童年烂漫,成长悲欢。”

留一点儿秘密好,秘密会让这个世界更美妙的。青阿姐的话在耳旁回荡。刚刚安安是跟亲爱的青枝说了再见,是让青枝给过去画上了一个圆满的句号。这个句号,或是微笑的味道,或是眼泪的味道,或是思念的味道,或是留恋的味道……在慢慢长大的过程中,我们要多少次画上这样的句号,我们要多少次尝到百味汤的万般滋味。青果枝上的青果,就是一直在收集着这一个个句号。

是的,十二张百味卡的秘密,青果原味的秘密,百味汤的秘密。这些,就永远当秘密……

再见,青枝,原来你一直觉得缺少的东西,就是一声再见,这个再见的滋味是如此这般微秒。少了这一味,是会一直心有所系。

此后,我们都将重新开始。

亲爱的青果巷,我们就从你这里,重新开始。